DREAMBOOKS ★

정준 현대판타지 장편소설

MODERN FANTASY STORY & ADVENTURE

기적의 앱설러

2

dream
books
드림북스

기적의 앱스토어 2

초판 1쇄 인쇄 2015년 3월 9일
초판 1쇄 발행 2015년 3월 16일

지은이 정준
발행인 오영배
책임편집 편집부

펴낸곳 (주)삼양출판사 · 드림북스
주소 서울시 강북구 도봉로 173
대표 전화 02-980-2112 **팩스** / 02-983-0660
출판등록 1999년 3월 11일 제9-00046호

© 정준, 2015

ISBN 979-11-313-0238-5 (04810) / 979-11-313-0236-1 (세트)

드림북스는 (주)삼양출판사의 판타지 · 무협 문학 브랜드입니다.

정준 현대판타지 장편소설

MODERN FANTASY STORY & ADVENTURE

2

기적의 앱스토어

dream
books
드림북스

목차

제1장
술집에서 벌어지는 폭력

룸살롱, 헤르메스(Hermes)

제법 그럴싸한 술집인 헤르메스는 강남 부근에서도 나름 손님들 사이에서 알려진 가게다.

고용된 가게 아가씨들은 흔히 말하는 '성형 괴물'이 아니며, 자연 미인으로 유명하다. 룸살롱 자체도 규모가 큰 편이고 가격도 적당하다. 가끔 이벤트 행사도 여러 가지 해서 룸살롱 자체는 나쁘지 않은 편이다.

그리고 이 헤르메스에는 약간의 비밀이 있다.

바로 서울의 주름잡는 조직폭력배, 청룡회의 비호를 받는 것. 덕분에 헤르메스엔 타 조직폭력배나, 양아치들이 얼씬 거리지 않는다. 만약 실수할 경우 어떻게 될지 잘 알고 있기 때문이다.

그리고 헤르메스에는 숨겨진 층이 있는데, 주로 이곳에선 청룡회의 비밀스러운 거래 장소로 이용된다. 또는 가끔 조직원들이 사기를 높일 겸 찾아온다.

후자의 경우 사장이 청룡회 조직원에겐 할인을 해 주기 때문에, 청룡회 조직원들은 대부분 룸살롱을 찾을 때 헤르메스에만 찾아왔다.

물론 이런 경우는 하위 조직원의 경우다.

청룡회의 간부인 송치환과, 그 오른팔인 김정제의 경우엔 아예 룸살롱을 무료로 이용한다. 사장 입장에선 아니꼬운 광경이었지만, 지위가 지위인지라 그냥 두고 볼 수밖에 없었다.

"하하하! 요년들! 요년들!"

김정제가 함박웃음을 터뜨리며 방 안에서 발가벗은 여성들과 놀고 있었다.

"호호호! 오빠, 여기야. 여기!"

김정제. 그는 전형적인 인간 말종이다.

남의 재산을 무력으로 빼앗는 것을 좋아하고, 터무니없는 자랑질로 허세를 부린다. 그 외에 술이나 여자라면 사족을 못하는 양반인지라 송치환은 종종 김정제를 보면서 혹시 사람이 아니라 원숭이는 아닐까 생각한다.

"흐흐. 역시 정제 형님이랑 다니는 게 최고라니까!"

김정제의 수하, 이덕팔은 곁에서 술을 따르는 미녀를 보며 헤벌쭉 웃었다.

참고로, 고리대금업이나 상인의 자릿세 등 송치환이 맡고 있는 '금융 지부'에서 단연 인기가 많은 사람은 김정제다.

금융 지부에서 존경받는 사내는 단연 성과가 많고 머리도 조직폭력배답지 않게 똑똑한 송치환이다.

하지만 송치환은 조직원들과 크게 어울리지 않는다. 그는 이렇게 술이나 마시며 여자와 노는 것보다는 주로 돈을 벌기 위해서 일하는 걸 좋아하는 편이다.

그러나 오른팔인 김정제는 전형적인 조직폭력배다. 허세를 부리기를 좋아하고, 뭐든지 무력으로 해결하려한다. 또한 몇몇 부하를 데리고 자신이 얼마나 잘 나가는지 알려 주기 위해서 공짜로 놀기도 한다.

그러다 보니 하위 조직원들에게 인기가 많을 수밖에 없다.

똑똑

"응?"

그때였다.

한창 유흥을 즐기던 도중, 누군가가 방문을 노크했다.

"뭐야, 짜증 나게. 지금 딱 좋을 때구만."

김정제가 미간을 찌푸리며 불만을 표시했다.

"형님, 아마 웨이터인 모양입니다. 마침 술도 떨어졌습니다."

이덕팔이 히죽 웃으면서 빈 병을 가리켰다.

"뭐야, 벌써 다 먹었냐? 하하하! 좋아. 들여보내!"

술과 여자라면 사족을 못하는 남자, 김정제가 기분 좋게 웃으면서 고개를 끄덕였다. 이에 이덕팔은 술을 따르던 접대 여성을 껴안은 채 문으로 천천히 다가가 방문을 열었다.

"엥?"

순간 이덕팔은 당황한 기색을 숨기지 못했다.

문을 열자 나타난 것은 웨이터가 아니라, 모자를 깊게 눌러 쓴데다가 후드티로 얼굴을 가린 수상적인 놈이었다.

"넌 뭐야?"

"네 형님이다! 이 개새끼야!"

욕설과 함께 거친 발길질이 이덕팔을 후려쳤다.

　　　　　*　　　*　　　*

　"꾸엑!"

　술에 취해 균형 잡기도 힘든 이덕팔이 비명을 지르며 뒤로 날아가 탁자에 부딪쳤다.

　와장창!

　탁자 위에 아무렇게나 진열된 술병과 안주 거리가 공중으로 비산하며 바닥으로 떨어졌다. 유리가 깨지면서 날카로운 조각이 바닥을 가득 차지했다.

　"꺅!"

　불청객의 등장에 여성들이 비명을 지르며 얼른 소파 위로 올라가 몸을 움츠렸다. 혹은 유리 조각이 없는 곳으로 이동해 두려운 눈길로 문을 쳐다봤다.

　지우는 열린 방문을 닫고, 다시 걸어 잠갔다.

　"뭐야!?"

　김정제가 깜짝 놀라며 자리에서 벌떡 일어났다. 술로 가득한 똥배가 인상적이다.

　"김정제. 이 새끼."

　지우가 살의로 넘실거리는 눈을 번뜩였다.

　놈을 보니 어제 맞은 복부와 뒤통수가 얼얼하다. 화가 억

제하지 못할 정도로 치솟았다.

"누, 누구냐?"

김정제가 당황한 얼굴로 물었다.

그는 되지도 않는 머리를 초고속으로 회전시켰다.

'술을 너무 마셨다.'

술을 마시기 시작한 지도 벌써 3시간이다. 보통 사람이라면 뻗고도 남는다. 아무리 술이 강한 편인 김정제라도 술에 취해 몸을 제대로 가누기도 힘들었다.

"내가 누군지 모르겠어?"

"으음."

김정제가 대답을 하지 못하고 침음을 흘렸다.

'젠장. 누구지? 원한이 너무 많아서 모르겠다.'

조직폭력배 특성상 원한 관계가 한둘이 아니다. 게다가 원한질만 한 짓을 떠올리려고 했는데, 너무 많아서 콕 집을 수 없었다.

"후우. 어쩔 수 없지. 일단 지금 바쁘니까 날 위해서 인질로서 도와줘라."

"뭐?"

김정제는 눈앞에 아까부터 영문 모를 소리를 해 대는 미친놈을 이해할 수 없었고, 또 이해할 생각도 하지 않았다.

대놓고 '나 수상한 놈이요.' 라고 말하는 차림새를 보면서 필사적으로 원한 관계를 되짚었지만, 그가 누군지 유추할 수 없었다.

"너 뭐하는 새끼냐고 묻잖아!"

술에 취하긴 했지만, 김정제보다는 상태가 나은 이덕팔이 험악하게 소리 지르며 지우에게 성큼성큼 걸어왔다.

시간을 굳이 끌 필요는 없다고 느낀 지우는 다가오는 이덕팔의 어깨를 살짝 터지 하여 전류를 흘렸다.

"끄아아악!"

이덕팔이 별 저항 없이 쓰러지며 기절했다.

"뭐, 뭐야! 야! 바깥에 뭐하고 있어!"

김정제가 문 바깥을 향해 소리를 꽥꽥 질렀다.

"바깥? 덩치 몇 명 있긴 했는데, 처리했어."

"제, 젠장……."

김정제는 여자들을 독점하고 싶어 이덕팔만 두고 조직원 대부분을 내쫓은 것을 크게 후회했다.

아랍의 왕자처럼 하렘을 즐기고 싶었는데, 최악의 실수였다.

"난 너 같은 놈을 보고 항상 생각해. 술은 먹을 게 못 된다고."

지우가 몇 걸음 전진하며 탁자 위에 빈 병을 주웠다.

그걸 본 김정제가 흠칫 놀라며 뒷주머니에 넣어 둔 잭나이프를 꺼내 들어 소리를 버럭 질렀다.

"다가오지 마!"

"헛소리!"

비록 술에 취했지만 김정제와 일대일 정면승부에 들어가면 질게 뻔하다.

그 전에 처리하기 위해서, 지우는 얼른 빈 양주병을 던졌다. 허공에서 빙글빙글 회전하며 빈병이 그대로 김정제의 이마에 부딪쳤다.

"끄악!"

째앵! 하고 빈병이 박살 나며 유리조각이 바닥으로 떨어졌다. 김정제의 이마에서 새빨간 피가 주르륵 흘러내린다.

그는 고통스러운 신음을 흘리며 뒤로 무너져 내렸다.

"꺄아아악!"

여성들이 혼비백산하며 출구 쪽으로 달려 나갔다.

이마를 손바닥으로 감싼 채 신음을 흘리고 있는 김정제. 지우는 그에게 성큼성큼 다가가 머리카락을 쥐어 잡았다.

"아악! 이 새끼가!"

김정제가 반항하려는 듯, 양팔을 허우적거렸다.

"어딜."

그의 손가락에서 작게 파지직 하고 푸른 스파크가 튀었다. 지우는 세기를 약간 줄인 뒤, 김정제의 목을 슥 훑었다. 그러자 김정제가 악! 하고 비명을 내지르며 몸을 파르르 떨었다.

"걱정 마. 넌 다른 애들처럼 금방 기절 안 시켜."

어제와 비교되는 모습이었다.

힘이 없었던 지우는 당하고만 있었는데, 힘이 들어오자마자 상황이 역전됐다.

그는 살의로 번들거리는 눈동자를 빛내며, 김정제의 귓가에 작게 속삭였다.

"송치환 어디 있어?"

"여기."

쾅!

여성들이 나가면서 열어둔 출입구가 거칠게 열렸다.

송치환은 기분이 좋지 않았다.

김정제가 즐기고 있는 동안, 그는 헤르메스의 최상층에서 이번 달 수익을 계산하고 있었다. 통장을 채워주는 숫자를 보고 흐뭇하고 있었는데, 감시카메라에 수상적인 것이 잡혔다.

"머리가 안 돌아가는 놈이군. 이런 곳은 원래 경찰의 눈을 피하려고 감시카메라가 많거든. 아무래도 불법적인 곳이니까 말이야."

송치환이 낮게 으르릉거렸다. 그의 뒤에는 험악한 표정을 지은 조직원들이 일렬로 나열해 있었다.

실제로 그의 말대로 지우의 행동은 죄다 CCTV에 기록되고 있었다. 그런데 초반에 송치환이 나타나지 않은 것은, 그가 업무에 정신이 팔려서 수하의 보고를 뒤로 밀었기 때문이다.

"얌전히 우리 정제 놔둬라. 그러면 목숨만은 살려주마."

송치환이 낮게 가라앉은 저음으로 경고했다.

헌데 무언가 이상했다. 송치환은 눈동자가 미미하지만 흔들리고 있었다.

'초조해하고 있어?'

지우는 예리한 눈길로 그 순간을 놓치지 않았다.

'이놈이 생각보다 대단한 놈인가?'

겉으론 아무렇지 않은 척하고 있는 지우였지만, 사실 그는 너무 많은 인원이 송치환과 쳐들어오자 꽤나 당황했다.

"허튼짓하면 네 손모가지 나갈 줄 알아."

송치환이 계속해서 경고했다.

지우의 판단은 정확했다. 송치환은 실제로 제법 당황했으며, 김정제의 목숨 때문에 초조해하고 있었다.

'젠장. 저 새끼가 병신이긴 하지만 애들 보는 앞에서 포기할 순 없어.'

오른팔인 김정제는 머리가 나쁘다. 그다지 쓸모가 없다. 하지만 친화력만큼은 좋아서, 인맥이 상당하다.

다른 간부뿐만 아니라, 부하 조직원도 상당히 김정제를 따른다. 여기서 비정하게 눈을 돌린다면 안 그래도 부족한 신뢰가 아예 없어진다.

김정제가 죽으면 상관없지만 괜히 애매모호하게 산다면 원한을 가지고 언젠가 옆구리에 칼침을 놓을지도 모른다.

이미 가진 것이 너무 많은 송치환은 그것이 두려웠다.

'뭔가 있는 놈이다.'

지우는 그 사실을 모른다. 그러나 김정제가 생각보다 송치환에게 중요 인물이라는 사실을 알아낸 것만 해도 충분했다.

"애들 있는데 쪽팔리게⋯⋯."

그 장본인인 김정제는 아랫것들 앞에서 겨우 한 명에게 제압당하여 큰 치욕감을 느끼고 있었다.

지금 당장이라도 저 애송이를 때려잡고 싶었지만, 아까 전에 전류에 당해 몸이 살짝 마비된 상태라 제대로 움직일 수 없었다.

"사내들만 모여서 징그럽긴. 놈들부터 내보내. 안 그럼 김정제도 무사하지 못한다."

"하! 아주 기고만장하신데 말이야……네가 지금 어떤 입장인지 사태 파악 안 되는구나?"

송치환이 어이없는 얼굴로 코웃음을 쳤다.

상대는 한 명. 반면 이쪽은 수십 명이다. 게다가 길거리 양아치도 아니고, 무려 유명 조직폭력배 청룡회의 조직원이다.

"그래?"

지우는 검지를 세워 김정제의 어깨를 다시 토닥였다.

"끄아아아악!"

재차 몸에 전류가 흘러 비명을 내지르는 김정제.

그 비명은 꽤나 고통스러워보여서, 뒤에 있던 조직원 몇몇이 흥분하며 욕설을 내뱉었다.

"너 이 새끼!"

"죽고 싶냐!"

조직원들이 눈에 띄게 흥분했다.

그들이 흥분하는 것은 딱히 의리 따위가 아니다. 김정제가 혹여나 잘못된다면, 그들은 빽빽한 상사인 송치환 아래에서 별다른 휴식 하나 없이 일해야 했다. 조직원들은 그게 싫었다.

"쯧."

송치환이 가볍게 혀를 차며 고개를 뒤로 돌렸다.

"나가."

"예? 하지만 형님……."

"나가! 정제가 아파하는 거 안보여?"

송치환이 처음으로 언성을 높였다. 그러자 조직원들은 마지못한 얼굴로 방 바깥으로 나갔고, 방문이 닫혔다.

'젠장.'

송치환의 얼굴이 일그러졌다.

'마음 같아선 정제 저 새끼는 그냥 내버려 두고 처리하고 싶다. 하지만 정제의 존재는 너무 크다.'

송치환은 같은 청룡회의 일원이라 해도 머리 나쁜 놈들은 싫어한다. 특히 술과 여자로 범벅된 그들의 삶을 혐오하는 편이었다.

여기서 김정제가 잘못되면, 신뢰를 잃을 뿐만 아니라 이후에 조직원 관리를 위해서도 그가 직접 회포를 풀어 줘야

한다. 조직원들과 어울리기도 싫은 그에게 있어선 제법 고역이었기 때문에, 할 수 없이 지우의 말을 그대로 들었다.

"후우……어이. 허튼짓 하지 말고 그냥 정제 놔줘. 그러면 너도 여기서 그냥 보내주지. 내 이름을 걸고 약속하마."

거짓말이다.

여기서 저놈을 놔주면 간부로서 체면이 말이 아니다.

"가까이 와."

"……칫."

송치환은 옷매무새를 가다듬고, 못 이기는 척 지우의 말을 순순히 따랐다.

'바보 같은 놈.'

그러나 이대로 당해 줄 생각은 없었다.

송치환은 주먹이 아니라 머리로 청룡회의 간부자리를 차지했지만, 그렇다고 싸움을 아예 못하는 것은 아니다.

애초에 머리가 좋다고 청룡회의 간부가 될 수 있으면, 서울대 등 명문대 출신의 사회인은 전부 조직폭력배다.

송치환이 이 자리에 올 수 있었던 것은 조직폭력배답게 나름 괜찮은 배포와 악독한 성격. 그리고 적당한 주먹질을 할 수 있어서 그렇다.

"반갑다."

그때였다.

경계하고 있던 후드티가 갑작스레 뜬금없이 악수를 신청했다.

'뭐지?'

송치환은 수상한 시선으로 지우의 손을 요리조리 살폈다. 혹시 무슨 특수한 함정이라도 준비한 것은 아닌가 싶었다. 그야, 제정신이 아닌 이상 이런 순간에 악수를 건넬 리 없으니까.

"뭐해? 악수 신청하잖아."

"……그래."

순순히 답하면서도 송치환은 차라리 잘됐다고 생각했다. 수상해 보이긴 하지만, 딱히 문제가 될 것 없어 보인다. 아마 놈은 멍청하게도 인질을 잡고 있다는 자신감에 저런 짓을 저지른다고 생각했다.

'일단 손을 잡자마자, 그대로 팔을 비튼다. 그리고 발로 놈의 옆구리를 차서 제압하는 거야.'

머릿속으로 동작을 정한 송치환이 속에 칼날을 숨기며 지우의 손을 잡아 악수했다.

그리고 그 순간

"끄아아아악!?"

머리가 따라가지 못한다.

머릿속으로 세웠던 계획은 모조리 사라진다. 그저 온몸에서 흐르는 전류에 몸을 맡긴 채, 송치환은 다른 조직원들처럼 비명을 내지르며 무기력에 지면과 키스했다.

"흥!"

송치환까지 제압한 지우는 그제야 긴장을 풀고 웃을 수 있었다.

*　　*　　*

30분.

헤르메스의 중축까지 파고들어 수많은 조직원을 뚫고 송치환과 김정제를 제압하는데 걸린 시간이다.

기절 전까지의 수준으로 전류로 지진 송치환을 내려다보며 지우는 코웃음을 쳤다.

"방음시설이 뛰어나서 아주 좋아."

발을 들어 바닥에 엎어진 송치환의 손가락을 우지끈 밟는다. 곧이어 차마 듣지 못할 정도로의 처절한 비명이 고막을 파고들었다.

"너 이 새끼…… 뭔 짓을 한…… 거야……."

바닥에 엎어진 채로 송치환이 갈라진 목소리로 물었다.

"별거 아니야. 그냥 몸을 마비시켰을 뿐이지."

별거 아니긴 개뿔!

송치환은 실로 오랜만에 두려움을 느꼈다.

몸에 감각이 되돌아오지 않는다. 마치 전신마취를 받은 것처럼 꼼짝도 할 수 없었다. 의지대로 움직이지 않는 몸이 얼마나 무서운지 알 수 있었다.

"누구냐. 누가 널 보냈지? 돈이라면 내가 더 주마."

'엥?'

모자 아래의 보이지 않는 두 눈이 동그랗게 떠졌다.

'터무니없는 오해를 하고 있어.'

송치환은 아무래도 개인의 복수가 아니라, 누군가가 의뢰를 했다고 생각한 모양이었다.

하기야 그렇게 생각하는 것도 어찌 보면 당연하다.

어제 만났던 정지우라는 인간은 그저 우연찮게 돈을 많이 벌게 된 힘없는 사업가일 뿐이다. 지금처럼 혼자서 청룡회의 사업장에 쳐들어올 배짱도 없으며, 또 그에 견주는 힘도 없다.

상식적으로 생각해 봐도 청룡회처럼 또 다른 배후 세력에서 지우를 고용해 보낸 것이라고 보는 게 타당했다.

'좋아. 나쁘지 않는 전개야.'

쓰지 않는 머리가 그답지 않게 풀가동한다.

플롯을 세우고, 어떻게 움직일지 계획을 짠다.

찰나라고 할 정도로의 시간이 흐르고, 무언가 다짐을 한 지우가 입을 열었다.

"송치환. 넌 너무 날뛰었어."

"뭐?"

"그러니까, 윗분들에게 조금 거슬린다고. 적당히 다니는 게 어때?"

지우는 알다시피 고등학교 시절부터 나름 많은 아르바이트를 경험했다.

작지만 사회생활을 했기 때문에, 인간의 심리를 나름 어느 정도 알고 있었다.

인간은 기본적으로 질투가 심하다. 아랫사람이 일을 잘하면 상사로서 위기감을 느끼기 마련이다.

그들은 자기그릇을 지키고 싶어 한다. 특히 아랫사람에게 빼앗기기를 지독하게 싫어했다.

자신은 그 광경을 여럿 봤었다. 설사 아르바이트라고 해도, 뒤늦게 들어온 사람이 자신보다 일을 잘해 윗사람이 그 사람만 칭찬하면 배알이 뒤틀리기 마련이다.

조직폭력배도 다를 것 없다. 아니, 심하면 심했지 절대 덜하진 않는다. 조직폭력배는 보다 이기적인 사람들만 모인 곳이니까.

"역시! 누구냐? 누가 보냈냐고!"

송치환이 불같이 화를 냈다.

그 역시 이런 경험이 적지 않게 있었다.

김정제라는 오른팔이 있기 전, 송치환에겐 몇몇 쓸 만한 부하가 여럿 있었다.

하지만 그들은 너무 유능해서 탈이었다.

김정제의 경우엔 머리가 나빠 이용하기 쉬워 데리고 있었지만, 다른 이들은 그렇지 않았다. 자신의 자리를 위협할 정도였기에, 송치환은 몰래 그들을 은근슬쩍 처리한 적이 있었다.

그리고 지금 이 순간, 그 관계가 역전됐다.

청룡회의 간부 중 누군가가 송치환 자신을 가지치기 하듯이 쳐내기 위해서 지우를 보냈다고 생각했다.

"너 같으면 누가 보냈냐고 순순히 불겠냐?"

어이없는 듯, 피식 웃으며 지우가 이번에는 송치환의 다른 손을 우지끈 짓밟았다.

"으아아아아악!"

"흠."

간간히 김정제가 일어나려는 틈이 보이면 전격을 먹여주는 것도 잊지 않았다.

어제의 한을 다 풀어헤치려는 듯 두 남자에게 전격을 조금씩 먹여가며 발로 신체를 짓밟았다.

'좋아. 이제 어떻게 할까?'

다행히 얼굴을 가려 들킬 염려는 없다.

송치환 본인도 설마 눈앞의 상대가 어제의 풋내기 약골 호구라고 생각하고 있지 않다.

그러나 여기서 그냥 물러난다면 송치환이 상처를 치유하자마자 다시 덤벼들 것이 분명했다. 아니, 어쩌면 치유가 되기도 전에 짜증을 풀기 위해서 자신을 건드릴지 몰랐다.

'그렇다고 죽일 수는 없고⋯⋯.'

가난하게 살아온 지우지만, 그렇다고 범죄자는 아니다.

확실히 생명을 빼앗는 것이 답이 될 수도 있지만, 지우는 그렇게까지 마음이 독하진 않다.

'일단 겁먹을 때까지 패자. 사람은 공포로 제압하는 것이 가장 좋은 법이지.'

조직폭력배나 다름없는 사고방식이었다.

사실 어제의 분노가 아직 덜 풀려 신나게 자진모리장단으로 패고 싶었다.

이윽고 방 내부에선 퍽퍽, 하고 줄기차게 주먹을 휘두르거나 발로 차는 소리로 울려 퍼졌다.

송치환과 김정제는 처음에 비명을 지르며 그만하라고 욕설을 내뱉었다.

"아아악! 이 개새끼가!"

"내가 누군지 알아? 너 이새……끄아악!"

욕을 하건 협박을 하건 간에 지우는 개의치 않고 주먹을 멈추지 않았다.

그리고 약 십여 분 정도 지나자 욕설이 잦아들고, 흐느끼는 소리로 변했다.

"끄흐으윽……."

"제, 제발……그만……."

부하 앞에선 아무리 꼴사납게 맞는다고 해도 눈 하나 깜짝 하지 않는 송치환도 결국 참지 못하고 어린아이처럼 엉엉 울어 댔다.

지우는 적당히 주먹질을 했다고 생각할 때 즈음에 주먹을 멈추고 송치환과 김정제를 내려다보았다.

"당분간은 얌전히 지내는 편이 좋을 거야. 널 성가시게 생각하는 사람이 제법 많아. 야산에 묻히고 싶지는 않지?"

지우는 송치환이 이왕 오해한 것, 괜스레 의심을 받지 않기 위해서 일부러 연기를 했다. 그 모습이 제법 자연스러워, 대학 전공이 연기학과가 아닐까 절로 생각된다.

송치환은 고통으로 인해 소리를 지르며 기력이란 기력은 모두 소진했는지 대답 대신 머리를 위아래로 흔들었다.

"바깥에 네 부하들 돌려보내. 허튼짓하면 말 안 해도 어떻게 될지 알지? 명심해, 지금까지는 신사적으로 대해 준 거야."

송치환은 몸을 파르르 떨었다.

어떤 수법인지는 모르지만 전격으로 지지고, 정말 너무하다 할 정도로 복날에 개 잡듯이 팼다. 그런데 그게 신사적이라니, 어이가 없었다.

"대답."

지우가 다리를 스윽 들었다.

"아, 알았다!"

송치환이 기겁하면서 엎어진 몸을 벌떡 일으켰다.

지우는 턱 끝으로 출입구를 가리키며 말했다.

"얼굴만 슬그머니 내보내서 말해. 부하들 앞에서 체면은 살려줄 테니까."

딱히 송치환의 체면을 위해서는 아니었다. 그가 혹시라도 수하들의 시선을 신경 써서 죽을 각오를 하고 덤벼들 것 같아 그랬다.

송치환은 지우가 말한 대로 문을 열어 머리만 빼꼼히 내밀어 소리를 버럭 질렀다.

"여긴 다 처리 됐으니 오늘은 그만 돌아가!"

"예?"

"돌아가라고!"

"아, 알겠습니다."

송치환의 말에 청룡회의 조직원들이 멀리 떨어지는 발걸음 소리가 들렸다. 지우는 언제까지 수상하게 머리를 내밀 것이냐며 송치환의 엉덩이를 바로 뻥 찼다.

송치환은 자존심이 크게 상한 듯, 얼굴을 걸레짝처럼 일그러뜨렸지만 폭력이 두려워 아무런 말을 하지 못하고 고개만 숙여야만 했다.

'두고 보자!'

당장이라도 찢어 죽이고 싶은 놈이었지만, 힘이 없으니 어찌할 수가 없다.

송치환은 머리가 좋다. 괜히 쓸데없는 승산에 도박을 걸지 않는다.

어떤 수법인지는 모르지만 전기 충격기 같은 것으로 몸을 마비시키고, 그 틈을 타서 신나게 주먹질을 날렸다.

그 고통을 생각하자 몸이 절로 떨려 왔다.

괜한 희망을 가지기를 포기한 송치환은 입을 다물고 가만히 있었다.

지우는 약 삼십여 분 정도 지난 뒤, 주변에 아무도 없는 것을 확인하곤 속으로 안도했다.

겉으론 전혀 두렵지 않다는 듯 당당한 모습을 보였지만 속으론 간이 배 밖으로 나올 정도로 놀랐다.

심장은 두근두근거리며 끊임없이 박동하고 피부 위에는 닭살이 돋았다. 긴장으로 뇌가 잘 돌아가지 않는다.

그는 평범한 사람이다.

평생 동안 조직폭력배를 본 적도 없었고, 누군가를 이렇게 심하게 때린 것도 처음이었다.

그렇지만 마음을 독하게 먹어야만 했다.

그러지 않으면 자신은 물론이고 가족에게도 위협을 가하게 된다. 그렇게 둘 수는 없었다.

청룡회에서 빠져나온 지우는 입가에 걱정 반, 후련 반의 어색한 미소를 지었다.

제2장

십 년 경력의 연습생

　결과적으로 말하자면 지우는 청룡회의 위협에서 벗어날
수 있었다.

　송치환은 주의가 깊고 경계가 많은 사내다.

　지금 신경 써야하는 건 당분간 몸을 사리는 것과, 조직 내
부에서 누가 자신을 노리는지 알아야했기 때문에 로드 커피
에 대해 신경 쓸 틈이 없었다.

　실제로 지우의 사업장 곁으로 청룡회의 조직원은 물론이
고 양아치 하나 얼씬도 하지 않았다.

　지우의 커피 사업은 청룡회의 등장으로 위기였으나, 조직

폭력배를 무사하게 무찌른 덕분에 다시 정상 궤도에 올랐다.

이에 자금에 여유가 생긴 지우는 사업을 좀 더 확장하기 위해서 마법의 커피머신을 추가로 구입하려 했다.

하지만.

– 같은 상품을 추가적으로 구입할 수 없습니다.

"뭐, 뭣?"

지우는 눈에 띄게 당황했다.

원래 세웠던 계획대로라면 한 입만 마셔도 여러 뛰어난 효과에, 마약 뺨을 후려칠 정도로 중독성을 자랑하는 마법의 커피머신을 추가로 가져와 돈을 벌어들이려했다.

가성비 대비해서 최고로 좋았으며, 또 그 결과도 어땠는지 몸소 겪은 바가 있어서 아예 이걸로 평생 동안 놀고먹는 건 어떨까 하고 생각하고 있었다.

그런데 그게 불가능하다고 하니 살짝 멘탈이 붕괴됐다.

황급히 앱스토어의 문의사항이나, 고객 상담, 공지사항 등을 살펴보니 확실히 '같은 상품을 두 가지 이상 구입할 수는 없다.' 라는 말이 기재되어 있었다.

"끙. 이놈들은 정말 돈 귀신이야."

지우는 혀를 내두르며 앱스토어를 욕했다.

앱스토어가 어떤 의도로 이런 사항을 넣어 두었는지 쉽게 이해할 수 있었다.

마법의 커피머신을 예를 들어 보자.

이 상품은 가격 대비해서 쉽게 돈을 벌 수 있다.

즉, 그릇이 작고 소심한 사람. 혹은 새로운 걸 도전하지 않고 안정적으로 돈을 벌고 싶어 하는 사람은 굳이 다른 것에 손을 데지 않고 같은 것으로 사업을 확장할 것이다.

하지만 그럴 경우, 다른 상품들이 찬밥신세가 된다.

앱스토어 입장에선 당연히 적자다.

그들도 사업체이다 보니 좀 더 비싼 상품을 팔고 싶어서 이런 제약을 걸어 두었다.

"끄으으응. 망했군."

지우는 이마를 검지로 짚곤 고민에 빠졌다.

어떻게 할지 생각이 나지 않으니 골이 아파온다.

좋지도 않은 머리를 굴리다보니 두뇌가 삐걱삐걱 소리를 낸다. 몸은 왜 갑자기 익숙하지 않은 행동을 하냐고 성을 내니, 정말 쓸모가 없다.

약 십오 분 정도를 그렇게 걱정하고 생각했을까.

이내 그는 바보 같은 머리를 탁 치며 탄성을 내뱉었다.

"바보. 너무 걱정했어. 딱히 망한 건 아니잖아?"

로드 커피는 가만히 놔둬도 돈을 토해 내는 황금 거위다.

똑같은 사업장을 차릴 수는 없지만, 님프를 직원으로 채용한 채로 그냥 두면 알아서 금액이 들어오니 서민의 입장으로서는 배부른 고민이었다.

'그럼 예정대로 로드 카페는 그만두고, 정식으로 카페를 차리는 것을 목표로 하자. 체인점을 노려보는 거야.'

동일한 메이커 제품을 취급하는 소매상점을 여러 곳에 두고 중앙에서 통제·경영하는 점포 조직.

요약하자면 메이커를 빌려주는 대신 매점의 수익 몇 할을 가져온다.

창업을 시작하려는 사업가라면 로드 커피의 가능성을 보고 금방 몰려들 터. 청룡회도 이제 접근해오지 않으니 걱정할 필요도 없다.

카페를 세우고, 곧바로 체인점 광고를 한다면 아마 사업자들의 발은 끊이지 않을 것이다. 그렇다면 커피 사업은 가만히 놔둬도 성장하게 돼 있다.

물론 마법의 커피 머신이 없으니 본점 고유의 맛은 재현할 수 없어 평범하겠지만, 그건 어쩔 수 없는 일이다.

뭐, 어차피 손님들은 가게가 유명하면 맛있건 맛이 없건

올 사람들은 온다. 맛이 보통이라도 카페를 좋은 장소에 세우고 운영만 잘 하면 손님은 그럭저럭 올 터.

'좀 더 생각할 필요가 있겠어.'

*　　　*　　　*

"오늘은 쉴 테니까 그리 알아."

"예?"

"생리통이라고 눈치 없는 새끼야."

"아……."

요정 주제에 여러모로 인간과 많이 닮았다.

동화 속에 산다는 요정의 이야기는 이미 님프로 인해 그 환상이 깨지긴 했지만, 설마 생리통 때문에 하루 휴식을 취하겠다고 나올 줄은 몰랐다.

여자와 접점이 별로 없어 그쪽 얘기에는 별다른 내성이 없는 그는 님프에게 휴일을 주고, 하루만큼은 자신이 일했다.

"어서 오세요. 뭐로 드릴까요?"

"어라? 오늘은 그 예쁜 언니가 없네. 혹시 그만 뒀어?"

"아뇨, 생리통이래요."

"……."

돈 버는 것보다 짜릿한 복수극!

고용인 주제에 평소 고용주에게 말을 험하게 하는 것이 마음에 들지 않은 소심한 지우는 그녀가 보이지 않는 곳에서 소소한 복수를 즐겼다.

그렇게 작은 재미에 푹 빠지며, 커피를 꾸준히 팔고 태양이 지면을 뜨겁게 달구다가 사라질 시간이 되자 길게 줄을 이었던 손님들도 끊겼다.

오늘 하루도 커피가 금세 팔려서 동이 났고, '매진'이라는 두 글자가 새겨진 간판이 올라왔다.

손님들은 아쉬워하며 집으로 돌아갔다.

비록 로드 커피의 인기 중 하나였던 절세미녀, 님프가 출근하지 않았지만 커피 본연 자체가 무척 인기가 있기 때문에 팔리지 않는 건 아니었다.

지우는 로드 커피 차량을 닫고 이제 막 마감하려고 했다.

"흑……으흑……."

"……?"

그때였다.

차량을 둔 근처에서 울음소리가 들려왔다.

'귀신인가?'

예전이라면 그런 것이 어디 있냐고 웃었겠지만, 이차원에서 오는 요정도 있으니 없을 리가 없다.

의아한 지우는 주변을 슥 둘러보았다. 하지만 퇴근 시간이 훨씬 지나서 인기척이라곤 별로 없었다.

게다가 휴일도 아니고 평일인지라 늦게까지 놀러 다니는 사람도 없는데. 대체 어디서 나는 소리일까?

귀신의 가능성이 점차 더 높아질 무렵, 울음소리가 가까워졌다. 그는 울음소리가 나는 진원지로 발걸음을 옮겼다.

'사람?'

다행히 귀신은 아니었다.

카페 차량 근처에는 벤치가 놓여 있었는데, 그곳에 웬 여자가 머리를 숙인 채로 흐느끼고 있었다.

'오지랖은 넓으면 좋지 않은 편이지. 무시하자.'

괜한 사건에 휘말리기 싫은 그는 카페 차량을 닫고, 마감에 힘을 써 얼른 집에 돌아가려 했다.

'요즘 여자들은 무서워서 도와주면 안 돼.'

가끔 인터넷에서 올라오는 건데 괜히 여성들 도왔다가 성추행범으로 몰리는 경우도 있다 한다.

게다가 이를 이용하는 전문적인 꽃뱀도 있다고 하여서, 의심이라면 누구보다 많은 지우는 그녀를 쉽게 도울 생각을 하지 않았다.

그렇지만.

"끄응."

정지우라는 인간은 선인도 악인도 아니다.

그렇지만 눈앞에서 누군가 곤란에 빠진 사람이 있다면 무시할 정도로 냉혹하지는 않다.

물론 자기 힘으로 해결할 수 없는 일이라면 돕지 않겠지만, 그런 게 아니라면 웬만하면 못 본 체 하지 못했다.

'어쩌지?'

*　　*　　*

청계천 거리.

한 여인이 벤치에 앉아, 머리를 아래로 숙이고 조용히 눈물을 흘렸다. 누군가 본다면 혹여나 영화 촬영을 하는 건 아닐까 착각이 될 정도였다.

여인은 일반인과는 거리가 멀었다.

분위기도 분위기지만, 눈에 띄는 미모가 특히 대단했다.

어두운 밤이 녹아든 머리칼은 가로등 빛을 반사하여 영롱하게 빛난다. 등허리까지 흘러내리는 긴 머리는 청순한 외모를 돋보이게 했다.

앞가르마는 오른쪽으로 내려져, 한쪽 눈을 가리는 비대칭 헤어스타일을 고수해 왠지 모를 신비로운 분위기를 풍기게 했다.

반대편 왼쪽 눈은 물기가 그렁그렁 맺혀 있지만, 쌍꺼풀이 들어가 눈 자체는 크고 균형 잡혔다. 화장은 옅게 했지만, 딱히 하지 않아도 미모가 대단할 것 같다.

코는 오똑하고, 입술은 앵두와 같다. 이목구비 전체가 잘 잡혀 뚜렷한 인상을 풍겼다.

다만 눈매가 조금 날카로워 툭 건드리면 사납게 노려볼 것 같아서 가까이 가기엔 쉽지 않아 보였다.

또한 앉아 있어 자세히는 알 수 없었지만, 몸매 또한 잘 잡혀 있다. 다리는 길고 허리는 얇다.

가슴은 한국인 평균과 달리 크다. 자칫 잘못하면 뚱뚱하고 둔해 보이겠지만 신기하게도 몸매가 황금 비율처럼 되어 있어 전혀 뚱뚱해 보이지 않았다. 앉아서 어느 정도 되는지 모르지만, 신장도 제법 커 보인다.

'소정아. 솔직히 너 연습생 생활만 십 년이야. 네 마음을 모르는 것도 아니지만⋯⋯.'

윤소정은 오늘 아침, 기획사에서 들은 이야기를 떠올리며 입술을 질끈 깨물었다.

그녀는 노래를 부르는 걸 직업으로 하는, 가수라는 꿈을 어릴 적부터 꿈꿔온 여성이다.

다섯 살 때, 유치원에서 동요를 부르다가 우연찮게 자신이 노래에 재능이 있다는 걸 깨달았다.

그걸 계기로 부모님은 딸에게 가수에 대한 재능이 있다며 기대를 품고 그녀를 노래 학원에 꾸준히 보냈다.

다행히 부모님의 생각대로 재능이 제법 있었는지 학원에서 칭찬을 받았다.

또한 윤소정 본인도 가수에 대해 흥미가 있고, 노래 부르는 걸 좋아하여 열심히 노력했다.

그리고 중학생이 되자마자 유명 연예 소속사에 오디션을 치고 들어갔다. 다행히 여러 경쟁률을 뚫고 곧바로 합격했다. 그 당시만 해도 윤소정은 많은 기대를 받았다.

그러나.

중학생 때까지 상승세를 보이던 윤소정의 인생은 곤두박질치듯이 하락세를 보였다.

딱히 문제가 있던 건 아니다. 노래도 제법 잘 불렀고, 아이돌이 아니라 발라드 계열 가수가 되고 싶어서 춤을 추고 싶지는 않았지만 데뷔를 위해서 열심히 했다.

재능이 아주 떨어지는 건 아니었다. 그렇다고 아주 대단한 건 아니었다. 스타로서 반짝 뜰 수 있는 수준은 아니었다.

독기를 가지고 열심히 했지만, 같이 들어온 연습생 중에서 자기보다 더 대단한 아이들이 많았다.

결국 그 결과는 비참했다.

연습생 생활 십 년.

정식으로 데뷔하지 못했고, 음반도 내지 못했다.

더 비참한 건, 자기보다 뒤늦게 들어온 새파란 후배의 무대에서 백댄서로 일해야만 했다.

가수를 꿈꾸는 윤소정은 그러고 싶지 않았지만, 소속사에서 놀고만 있지 말라고 뭐라 하니 별수 없었다.

"흑……."

울음소리가 절로 튀어나왔다.

오늘로서 딱 십 년째.

담당 프로듀서가 자신에게 재능이 없어, 결코 가수로 데뷔할 수 없다는 사형선고나 다름없는 말을 당했다. 다른 소속사를 찾아볼까도 생각해 보았지만 소용없었다.

연예계는 생각보다 좁기 때문에, 자신의 경력을 바로 알 것이다. 어떤 소속사도 십 년이나 연습생 생활을 한 쓸모없는 아이를 데려올 생각은 하지 않을 것이다.

'아빠, 엄마. 미안해요.'

부모님은 끝까지 딸을 믿어주며, 돈은 걱정하지 말라면서 항상 웃어주고 응원해 주었다.

하지만 현실은 잔혹하다. 꿈과는 다르다.

결과적으로 보자면 윤소정은 연습생 생활을 십 년이나 한, 가수와는 거리가 먼 인간이다.

그 사실은 변하지 않았다.

이제 어떻게 해야 할지 도저히 생각이 나지 않는 그녀는 그저 고개만 숙인 채로 눈물만 흘릴 뿐이었다.

'누가 좀 도와주세요.'

여태껏 혼자서 해 왔지만 버티기가 힘들었다.

윤소정이란 인간은 원래부터 그다지 사교적인 인간이 아니기도 하지만, 소속사에서 이렇다 하는 결과 없이 연습생만 하다 보니 몇몇 후배들에게도 무시당하기 일쑤였다.

소속사에서도 인간관계가 적지만 그 외에도 마찬가지였다. 학창 시절에도 꿈 때문에 노래, 춤, 연기, 악기 연주 등 수많은 레슨 때문에 친구 한 명 사귀지 못했다.

자신을 끝까지 믿고 딸을 위해 열심히 돈을 버는 부모님에게는 차마 말할 수는 없으니, 더더욱 외로웠다.

극도로 불안과 우울로 둘러싸인 윤소정은 이제 한계였다.

"이봐요."

그때였다.

절망에 빠진 그녀에게 누군가가 말을 걸었다.

윤소정은 머리를 살짝 들어 정면을 쳐다봤다.

그다지 잘생기지는 않은 얼굴. 왠지 모르게 뚱한 표정.

이십 대 초중반 즈음 연령의 청년이 허연 김이 모락모락 피어오르는 컵을 윤소정에게 건네며 말한다.

"무슨 사정인지는 모르지만 울지 마세요."

"……."

윤소정은 글썽이는 눈망울을 소매로 닦아냈다. 그러곤 살짝 경계심이 묻어나는 날카로운 눈매로 그를 거의 노려보다시피 쳐다봤다.

그녀는 현역으로 뛰는 아이돌이나 모델과 비교해도 지지 않을 정도로 예쁘다. 윤소정 본인도 그걸 잘 안다.

가수가 꿈이기 때문에, 딱히 외모가 예뻐도 좋다는 생각은 들지 않지만 그래도 자기 외모가 그래도 상당하다는 것 자체는 주변 반응을 통해서 잘 알고 있다.

그러다 보니 외모 때문에 몇 번 성가신 일이 일어난다.

방송계의 몇몇 질이 좋지 않은 프로듀서나 혹은 감독 등은 미모를 미끼로 자기와 잠을 자면 뜨게 해 주겠다는 사람도 있었다.

그 외에도 길거리에서 양아치 같은 놈들이 거의 억지로 헌팅을 하려는 놈들도 많았다.

배부른 고민으로 보일 수도 있지만, 윤소정은 이런 경우 때문에 자신의 외모가 싫었다.

여하튼, 이런 자질구레한 일이 많이 벌어져서 그런지 남자에 대해 불신이 있는 편이었다.

"팔 아프니까 얼른 받으세요."

지우는 정말로 팔이 아파서 얼른 건네주고 싶었다.

"……."

윤소정은 말없이 커피를 건네받았다. 손바닥으로 느껴지는 열기가 추운 몸을 달궈줘서 좋았지만, 이 상황 자체가 좋은 건 아니다.

"커피는 감사드려요. 그렇지만 전 남자에게 관심이 없어요. 핸드폰 번호도 줄 생각도 없구요."

그녀는 미리 허툰 수작을 방지하기 위해서 차갑게 쏘아붙였다.

"뭐요?"

지우가 어이없는 듯 헛웃음을 내뱉었다. 그는 엄지만 세우고 뒤쪽의 차량을 가리키며 불쾌한 듯 미간을 찌푸렸다.

"착각도 그 정도면 대단하신데요? 미안하지만 내가 저 차량 주인인지라 댁이 근처에서 울어서 이상한 오해라도 받으면 곤란하거든요. 그러니 울려면 다른 곳에서 우시죠?"

울고 있는 여성에게 다른 곳에서 울라는 남자!

객관적으로, 주관적으로 봐도 보통 놈은 아니다.

"앗, 그게. 저."

그의 말에 자신이 얼마나 터무니없는 착각을 하고 있었는지 깨달은 윤소정은 부끄러워져 얼굴을 붉혔다.

어찌할 줄 몰라 머리를 푹 숙이고, 괜히 커피만 만지작거렸다.

'유감스러운 상황이군. 만약 나라면 그대로 자살했을 거야.'

지우가 피식 웃으며 윤소정의 옆에 앉았다.

물론 무언가 수작을 거는 느낌이 들지 않게, 벤치 끝에 앉아 일정한 거리감을 유지했다.

"한 번 마셔 봐요. 홍콩은 아니어도 자메이카까지는 가실 수 있을 만큼 완벽한 맛이거든요."

자칫 잘못하면 성희롱으로 고소당하는 정도의 저질 유머다.

"……고, 고마워요."

윤소정은 여전히 어색하고 부끄러운지 시선이 맞추지 않게 머리를 돌린 뒤에 커피를 한 모금 마셨다.

그리고.

"……어?"

윤소정이라는 인간의 삶이 파노라마처럼 눈앞에서 펼쳐진다. 그 광경을 굉장히 아름다웠다.

수많은 유성이 빗발처럼 쏟아지며 환상적인 광경을 보여주었다.

별이 촘촘히 박힌 밤하늘, 그 위에 어릴 적부터 노래를 부르고 춤을 추던 모습이 지나갔다.

조금이라도 시간을 아끼고, 실력을 높이기 위해 커피를 억지로 마시며 뜬 눈을 지새우던 것이 기억났다.

"아……."

왜 그런지는 모르겠다. 괜스레 눈물이 난다. 눈초리 끝을 타고 흐르는 물방울이 턱 끝을 미끄러지듯이 흘러 아래로 뚝뚝 떨어졌다.

자기 자신도 왜 갑자기 울음을 터뜨렸는지 이유를 알 수 없었다. 다만 카페인이 뒤섞인 따뜻한 액체가 식도를 넘자마자 몸이 따스해지고, 편안해졌다.

그동안 참아왔던 감정의 파도가 봇물처럼 터졌다.

"흑…… 끅……."

옆에 처음 만난 사람이 있다는 것도 잊은 채 윤소정은 조용히 오열했다.

옆에 앉은 지우가 답지 않게 진지한 표정으로 한숨을 푹 내쉬었다.

'후. 과연 내 커피야. 이 여자도 지금쯤 자메이카에 있겠구나.'

정지우는 병신이었다.

"저, 있잖아요……흑."

오열하던 윤소정이 쉰 목소리로 말을 꺼냈다.

"네."

'역시 상도덕을 지킬 줄 아는 여자야. 너무 감동해서 커피 값을 지불하려는군. 이 틈을 타가서 바가지를 씌우자.'

이 정도면 인간 실격이다.

"꿈을 이루려면 정말 힘든 것 같아요……."

윤소정이 무언가 이야기를 시작하려는 듯 말을 이었다.

지우는 불안해졌다.

'설마 감성팔이로 커피 값을 내리려는 건가? 무시무시한 손님이군.'

의심병도 이정도면 중증!

돈에 대한 집착이 얼마나 대단한지 알 수 있었다.

"전 말이에요……."

신기한 기분이었다.

분명 처음 만난 사람이었다.

딱히 마음이 편안해지는 사람도 아니었다. 어디에서나 볼 수 있을 법한 남자였다.

그렇지만 커피를 몇 모금 마신 순간, 마음이 약해지며 그동안 괴로워하고 고민했던 자신의 삶을 들려주었다.

어릴 적에 우연찮게 음악에 재능이 있어서 가수의 길을 걸은 일화, 연습생에 들어갔지만 질리도록 데뷔하지 못한 것, 그 외에 후배의 백댄서가 된 이야기 등 '윤소정'이라는 한 인간의 삶을 길게 말해 주었다.

'그래. 난 누군가에게 하소연하고 기대고 싶었던 거구나.'

윤소정이라는 인간은 외톨이다.

자신을 지켜봐주고, 응원해 준 가족이 있지만 그뿐이다.

어릴 적부터 학교를 등한시하고 음악에만 매달렸다.

원래부터 사교적인 성격이 아니었는지라 친구를 딱히 사귄 것도 아니어서, 친구가 없다.

그럼 유일하게 인간관계를 맺을 수 있는 곳은 소속사뿐인데 여기도 불가능하다.

십 년간의 연습생이라는 타이틀 때문에 누구나가 다 그녀를 무시했기 때문이다.

그래서인지 항상 고민을 혼자 품었다.

소속사 매니저나 프로듀서, 혹은 사장은 자신만 보면 한숨을 쉬며 애물단지 취급을 하다 보니 함께 고민을 풀 수가 없다. 동료나 선배, 후배도 비슷한 이유였다.

가족이 있긴 했지만, 자신 때문에 고생을 하는 가족들에게 힘들다고 말할 수는 없었다.

그래서인지 그녀는 누군가에게 고민을 상담하고, 마음 편안히 대화하고 싶었다. 근 십 년 동안 외톨이로 지냈기에 사람에 대한 그리움이 컸다.

하지만 그동안 눌러왔던 그 감정이, 지우가 준 커피를 마시자마자 버티지 못하고 폭발했다.

마법의 커피 머신으로 만든 커피의 맛은 황홀하다는 수준으로 맛있다. 특히 사람의 마음, 즉 감정이나 감성적인 부분을 자극하고 확대한다.

그 효과 때문에 윤소정은 딱 봐도 별 볼 일 없어 보이는 남자인데도 다가온 지우에게 그동안 숨겨왔던 고민을 모두 풀어 버렸다.

"전……어떻게 하면 좋을 까요?"

"……."

벤치에 앉아 조용히 이야기만 듣고 있던 지우가 음, 하고 침음을 흘렸다.

'연습생. 레슨. 가수. 인기도. 광고. 공중파.'

몇 가지의 단어가 머릿속을 헤집는다.

두뇌가 뜨거운 엔진마냥 열기를 내뿜는다.

수능 공부를 했을 때보다 머리가 더 빨리, 더 많이 공회전 한다. 회오리를 생성시킬 정도로 빠르게 돌고 있다.

머릿속에서 여러 가지 구상이 떠올랐다. 주로 돈을 버는 생각이었다.

빙글빙글 회전하는 선풍기. 그 선풍기 안에서 지폐가 화려하게 비산하며 아래로 떨어진다.

"저기요. 혹시 투자 받고 싶지 않으세요?"

"네?"

제3장

춤과 음악을 즐기는 요정

　그리스 신화에 따르면 님프는 춤과 음악을 즐기는 명랑한 성격의 소유자라 한다.

　성격은 그렇다 하여도, 춤과 음악에 조예가 있는 건 확실하다. 몇몇 일화에서는 유명 음악가들이 님프를 숭배한다고 종종 나오기도 한다.

　"음악을 좋아하는 것 같긴 한데……."

　지우는 눈을 게슴츠레 뜨고 정면을 살폈다.

　인간과는 거리가 먼, 비현실적으로 아름다운 미모.

　헤드폰을 쓴 채로 콧노래를 흥얼거린다.

과연 신화대로 음악을 제법 하는지, 콧노래조차도 사람의 무언가를 이끌리는 환성적인 소리다.

다만 입에 담배를 물고 가끔씩 노란 가래를 뱉는 걸 보면 한숨만 푹푹 나온다. 요정이 아니라 이건 양아치다.

"뭘 봐? 이런 개⋯⋯."

게다가 입도 너무 험하다.

요정에 대한 꿈을 키우는 어린이들이 본다면 죄다 뒷목을 잡고 눈물을 질질 짤지도 모르는 클래스였다.

시간은 돌아가서 어제.

윤소정의 푸념을 들은 그는 기가 막힌 생각을 떠올렸다. 바로 또 하나의 사업의 가능성이었다.

갓도리 때도 느꼈지만, 어떤 사업이건 광고는 필시 들어갈 정도로 중요하다.

님프 자체만으로도 충분히 효과가 될 것 같지만, 그녀는 딱 봐도 상식과 거리가 먼 존재다.

아직 존재 유무는 모르지만 혹여나 자신과 같이 앱스토어의 이용자가 보게 되어 나쁜 놈들이 찾아오기라도 한다면 곤란하다.

겁이 좀 많은 편인 그는 그게 두려워서 님프를 광고로 쓰기엔 힘들다고 생각했다.

그래서 거의 포기하고 만약 로드 커피를 정식으로 카페로 세운다면, 어떤 광고를 해서 사람들을 모이게 할까 고민하고 있었는데 윤소정을 보자마자 좋은 생각이 떠올랐다.

'윤소정 그 아가씨에겐 미안하지만 소속사에서도 버림받은 수준이라 가능하다.'

현실만 말하자면 윤소정은 소속사 측에서 애물단지다.

분명 어렸을 적에는 재능이 있어 보여서 열심히 투자했다. 그런데 정작 뚜껑을 열어보고 십 년이 지나자 별 볼 일 없는 가수 지망생이라는 걸 깨달았다.

이걸 어떻게 써먹기는 해야겠는데, 딱히 쓸 곳이 없다.

마음 독하게 먹고 성접대로 쓰는 방법도 있지만, 요즘 시대가 시대인지라 그럴 수가 없었다.

게다가 윤소정이 연습생으로 있는 소속사는 연예계에서 제법 명성이 높다. 그런 짓을 했다간 금방 기사가 나서 큰 논란을 일으킬 테니 그렇게 할 수도 없다.

정말로 이보다 더 한 애물단지가 없다.

하지만 지우 입장에서는 윤소정의 사정은 아주 좋았다.

비록 뜨진 못 했지만, 십 년 동안 연습생과 백댄서의 경험이 있는 덕분에 기본은 있다. 노래도 제법 잘 부를 것이다. 즉, 어느 정도 투자를 하여 유명하게 만든 다음에 전속 광고 모델로 쓸 수가 있었다.

물론 그가 일반인이었더라면 말도 안 돼는 생각이다.

대한민국에서 유명한 소속사에서도 윤소정을 어찌할 수가 없었다. 가끔씩 아예 그냥 그만두라는 제안도 몇 번 받을 정도로 심각했다.

다른 소속사도 윤소정을 받지 않는다.

프로듀서는커녕 한낱 일반인에 불과한 지우가 윤소정에게 얼마를 투자해서 대박을 낼 수 있을 리가 없었다.

다만, 그건 어디까지나 상식적인 일반인 수준이다.

지우에겐 비상식의 힘이 있었다.

"님프씨. 이러이러한 사정이 있는데 좀 도와주실 수 있으세요?"

처음에는 앱스토어를 이용하면 되지 않을까 싶었다.

상품을 검색하니 사람들을 현혹하고, 한 번 들으면 결코 잊혀 지지 않을 정도로 노래 실력을 높여주는 획기적인 것이 있었다.

하지만 효과 덕분에 가격이 에누리 없이 비쌌다.

지우는 별로 친하지도 않은 윤소정에게 돈을 써도 되나 고민하다가, 결국 상품은 이용하지 않기로 했다.

그래서 선택한 것이 제2의 방법, 바로 님프였다.

"상관없어."

"정말입니까!"

지우가 진심으로 놀란 듯, 눈을 휘둥그레 떴다.

"아. 별로 어려운 일은 아니야. 몇 백 년 전에도 볼프강 (Wolfgang)에게 종종 가르쳐 주곤 했으니까. 자격증은 없지만, 취미로 종종 음악 교사 일도 했어."

"볼프강……?"

"모르면 됐어. 그보다……이건?"

님프가 평소의 의욕 없는 눈매가 아니라, 사냥감을 노리는 매의 눈매로 하늘색 동공을 빛냈다.

그녀는 엄지와 검지를 둥그렇게 말아 무언가 달라는 제스처를 취하고 있었다.

"이거라뇨?"

지우가 귀신같이 눈치를 챘지만 이제 막 자대 배치를 받은 신병처럼 어리바리한 얼굴로 시치미를 뗐다.

그러자 님프가 혀를 차는 동시에 미간을 찌푸렸다.

"어허, 이 새끼. 어디서 감히 요정을 공짜로 부려먹으려고 해? 요새 부탁하려면 의사표현보다 돈부터 먼저 내야 하는 거 몰라?"

"……."

돈만 밝히는 요정!

요정들은 다 이런 걸까, 아니면 님프만 성격이 이렇게 더러워진 걸까 고민에 빠진 지우였다.

"원래 투자하는 데는 돈은 팍팍 써야하는 거야."

'내가 만약 나중에 유명해지면, 자서전에 꼭 요정에 대한 이야기를 쓸 거야.'

요정보다 더한 놈들은 없다고.

＊　　　＊　　　＊

윤소정은 인생 최대의 고민을 계속하고 있었다.

고민을 하게 된 계기는, 며칠 전 우연찮게 만난 정지우라는 한 남자 때문이었다.

딱히 그와 남녀 사이로 뭔가 특별한 것이 있어서가 아니라, 진로에 대한 일 때문이다.

왜 그에게 평소 가족이나 소속사 선후배들에게도 말하지 않았던 걸 일일이 푸념을 풀어 놓았는지는 아직도 의문이었다.

그렇지만 정지우라는 인간은 시원스레, 아니 정말 영문 모를 답변을 내놓았다.

바로 투자받을 생각이 없겠냐는 질문이었다.

처음엔 웬 뜬금없는 소린가 했다. 그러나 이내 그 말의 숨은 뜻을 지우가 설명하고, 이해할 수 있게 됐다.

그녀는 듣자마자 지우가 혹여나 일부러 무언가를 노리고 온 사기꾼이 아닐까 싶었다. 유명 소속사를 빼고 다른 크고 작은 소속사에서는 꿈을 이용하여 빚을 지게하고, 돈을 빼앗는 등 사기를 친다는 일이 자주 일어난다 했다.

혹시 지우도 그런 부류의 사기꾼이 아닐까 싶었다.

윤소정이 아무리 사정이 급하다곤 하지만, 그 정도에 당할 정도로 바보는 아니다.

학창 시절에 공부는 하지 않았지만, 요즘 같은 시대에 아이돌이 머리가 나쁘면 욕을 먹는다.

옛날에는 음악만 하면 만사 오케이였지만, 최근 연예인들은 학력도 중요시한다. 그래서 연습생 때 시간이 남을 때마다 틈틈이 공부도 했다.

그래서 윤소정도 나름 머리가 나쁘지 않았다. 시사, 경제, 사회 등 여러 방면으로 신문도 챙겨보고 책도 많이 읽었다. 사기에 당할 만큼 멍청하지는 않다.

그래서 아직 경계의 대상인 지우에게 여러 가지를 물어봤다. 그에게서 투자를 해 줄 테니 전속 광고 모델이 되어

달라는 사업 얘기도 들었다.

이야기만으로는 딱히 이상한 것이 없어 보였다.

다만 문제는.

'왜 날 선택한 거지?'

푸념할 때 이미 자신이 실패한 연습생이라는 걸 죄다 알려 주었다. 여러모로 요약하고 결과만 내린다면 자신은 결코 재기할 수 없는 실패작이다.

윤소정도 그걸 잘 안다. 그러기에 절망했다. 그러기에 좌절했다. 희망 하나 가지지 못하고, 현실에 순응하며 눈물을 흘렸다.

바보가 아닌 이상 어느 누구도 투자하지 않을 터.

그런데 정지우라는 남자는 무슨 자신감인지 자신에게 제안했다. 너무 조건이 좋다보니 의심할 수밖에 없었다.

'하지만······거절할 수는 없어. 일단 어떤 건지 파악만 해 보는 거야.'

허나 윤소정은 차가운 밥 더운 밥 가릴 처지가 아니었다. 그녀는 이미 한계 상태였다. 수상하긴 해도, 뭐라도 도전은 해 봐야 했다. 수상하면 적당한 때를 틈타서 피하면 그만이다.

홍대입구.

대한민국 서울의 번화가 중 하나이다. 패션의 거리, 젊은
이의 거리, 문화의 거리 등 수많은 명칭이 꼬리로 붙는 장
소로 유동 인구도 상당한 편이다.

지우도 마법의 대바늘로 만든 목도리를 장사 했을 때, 이
대가 아니라면 홍대 근처에서 좌판을 열었을 것이다.

해가 중천에 뜬 시각.

점심시간이 됐는지라, 홍대에 다니는 대학생들이 배를
채우기 위해서 거리를 걸어 다닌다.

"전에 말씀한 대로, 앞으로 윤소정 씨를 가르쳐 주실 트
레이너예요. 님프 씨라고 부르시면 됩니다."

몇 시간 남지 않은 강의에 제출할 과제를 하는 대학생들.
시답잖은 수다를 떠는 젊은이들 등. 여러 부류의 사람들로
분비는 카페 안에서 지우가 옆자리의 님프를 윤소정에게
소개해 줬다.

"네에……."

윤소정은 입을 살짝 벌리고 놀란 기색을 숨기지 못했다.
정면에 앉아 있는 님프가 워낙 대단했기 때문이었다.

흔하지 않은 머리색도 머리색이지만, 미모가 특히 눈에
띈다. 미스코리아나 모델이라 하여도 믿을 수 있을 정도였

다. 그 증거로 창문 바깥으로 거리를 지나가던 사람들은 남녀노소하고 한 번 씩 님프를 쳐다봤다.

"그…… 님프 씨……? 이름이 특이하시네요. 서양인인가 보네요?"

"응. 그리스 출신이야."

"콜록콜록!"

지우가 당황해서 기침을 토해 냈다.

보통이라면 '그리스인' 이라고 말할 텐데, 님프는 인간이 아니라 요정인지라 그리스 출신이란 말만 했다.

그래도 딱히 의심을 받는 것 같이 보이진 않았다.

"한국어를 되게 잘하시네요."

"응. 그보다 우리 이런 영양가 없는 대화 말고, 일이나 할까? 너 제대로 가르치지 않으면 돈 못 받아. 시간이 돈이라는 진리를 너도 알고 있지?"

"……."

"……."

지우와 윤소정이 합죽이라 된 듯 입을 다물었다.

"소개는 이정도면 됐어. 다음은 네 실력이 어느 정도 파악할 시간이야. 나가자."

님프는 자리에서 일어나 바깥으로 터덜터덜 걸었다.

두 남녀는 벙찐 얼굴로 그 뒷모습을 쳐다보다가, 얼른 일어나서 허겁지겁 그녀를 따라갔다.

바깥에 나온 님프는 주변을 슥 둘러봤다.

주변은 많은 사람들로 북적였다. 그중에는 인디 밴드(indie band) 등 사람들에게 자신의 음악을 들려주기 위해서 나온 몇몇 예술인들이 자리를 잡고 있었다.

그 중엔 아예 드럼이나 베이스, 기타 등 악기를 들고 음악을 트는 이도 있었고 몇몇은 신기한 마술 등 길거리 공연을 하기도 했다.

대한민국에서 거의 유일하게 볼 수 있는 광경. 홍대의 볼거리 중 하나인 길거리 공연이었다.

그런데 신기하게도, 이곳에 오니 어떤 사람도 님프를 주목하지 않았다. 카페에 있을 때만 해도 모든 사람들이 쳐다봤는데 지금은 님프를 투명 인간 취급하듯이 대했다.

"무슨 짓을 한 거예요?"

지우가 윤소정이 들리지 않도록 님프에게 속삭였다.

"별거 아니야. 그저 존재감을 지웠을 뿐이지. 요정은 타차원의 존재야. 설화로만 내려져오는 명성이라면 모를까, 외관으로 인식시키면 물질계에 문제가 생겨. 그럼 여기에 있을 수 없어."

님프가 친절하게도 자세하게 설명해 주었다.

"자아. 너, 여기에서 실력을 보여줘."

님프가 윤소정을 바라보며 말했다.

"실력이라니…… 저 보고 길거리 공연을 하라는 말씀이신가요?"

윤소정이 당혹스러워했다.

그녀는 일평생 동안을 소속사 안에서 살아왔다.

연습실에서 춤을 추고, 노래를 하는 건 익숙하다. 하지만 반대로 바깥에서 무언가를 한 것은 없어서 길거리 공연은 처음이었다. 그래서인지 조금 두려워하는 모습을 보였다.

님프도 그 사정을 눈치챘는지, 평소의 퉁한 얼굴로 말을 툭 내뱉었다.

"어차피 여기에서 못 하면 설령 가수가 된다 해도 무대에서 못 해. 길거리 무대도 무대야. 노래를 불러. 부르기 싫으면 돌아가."

님프가 차갑게 쏘아붙였다.

지우도 님프의 말에 이번만큼은 동의했다.

말투가 더럽긴 하지만, 기본적으로 님프는 거짓말을 잘 하지 않는다. 특히 로드 커피에 고용되고 일하는 중, 돈에 관련된 일이라면 책임감을 갖고 일해 주었다.

태도는 좀 불량해도 그녀는 진심을 다해 윤소정에게 트레이닝 시키려는 것이 틀림없었다.

"알겠어요."

다행히 윤소정도 님프의 말에 긍정한 듯, 고개를 끄덕이곤 적당한 자리에 서서 심호흡을 했다.

님프는 지우의 옆구리를 팔꿈치로 쿡쿡 찔러 방해하지 않도록 조금 떨어지자는 듯이 제스처를 취했다.

두 남녀는 윤소정과 살짝 떨어지는 거리에 섰다.

그리고 이내 윤소정의 입에서 목소리가 흘러나왔다.

반주 없이 노래하는 건 나름 익숙한 지, 처음에도 버벅거리지 않고 노래를 불렀다.

그러자 주변에 걷던 사람들이 노래 소리를 들었는지 힐끗힐끗 윤소정을 쳐다봤다.

윤소정이 부르는 노래는 부드러운 발라드였다.

'제법 잘 부르네.'

반주가 없는데도 안정되게 노래를 부르고 있다.

윤소정 자신이 말한 대로 노래 실력은 아주 대단한 정도는 아니었지만, 그래도 일반인 수준은 넘었다.

다만 문제가 있었다.

'사람들이 잘 보지 않는다……?'

음정, 박자 어떤 것도 문제가 없어 보인다. 가사도 완벽하게 외웠는지 버벅거리는 부분도 없었다.

하지만 거리의 사람들은 윤소정에게 딱히 관심을 보이지 않았다. 가끔씩 보는 사람들도 있었지만, 그들은 노래라기보다는 연예인 지망생답게 아름다운 외모 때문에 보는 듯했다.

그리고 약 2분가량이 지났을까, 윤소정의 입에서 흘러나오던 노래도 막을 내렸다.

당연한 이야기지만 누구도 박수를 치지 않았다.

도리어 나쁜 것을 불렀다.

"저기요, 누나."

머리는 노랗게 물들이고, 귀에 피어싱을 낀 남자들이 다가왔다. 연령대는 이십 대 초반. 한창 여자에 관심 있어 보이는 남자들이다.

키는 크고 얼굴도 그럭저럭 나쁘지 않게 생겼다.

그들은 아까 전부터 윤소정을 멀리서 관심 있게 쳐다본 사람들이었다.

윤소정은 혹시 자신의 노래를 칭찬하려 온 사람이 아닐까 약간의 희망을 가졌다.

그러나 희망은 곧 실망으로 변했다.

"저희랑 놀러가지 않으실래요?"

"바쁘시면 핸드폰 번호라도 알려주세요."

"……."

윤소정은 음울한 눈을 아래로 내리깔았다.

남자들의 입가에 음흉한 미소가 번졌다.

성격이 소심하면 잘 거절하지 못한다. 주변의 시선이 두려워서 소리도 지르지 못한다. 남자들은 윤소정이 그런 타입의 여자라고 생각했다.

"흐응. 저 정도인가."

님프는 딱히 좋아하지도 않았고 그렇다고 실망하지도 않은 눈치였다.

"알아서 내쫓아줘. 의뢰와 관련되지 않은 사람들은 요정계의 규율 상 할 수 없으니까."

"예예."

지우가 기다렸다는 듯이 앞으로 나서 남자들을 내쫓았다. 물론 폭력이 아니라, 윤소정과 일행이라는 걸 말해 주었다.

남자들은 아쉬워했지만 순순히 물러났다.

설령 질이 좋지 않다고 해도 사람들이 많은 홍대 한복판에서 뭘 할 수 있을 리가 없다.

그 뒤로 님프가 다가와 윤소정에게 따끔하게 지적했다.

"넌 재능이 없구나?"

"재능이……없어요?"

"노래는 잘 불러. 춤은 모르겠지만, 노래만큼 노력했으면 아마 괜찮겠지. 다만 사람들을 휘어잡는 매력이 없어. 이게 너에 대한 평가야."

"……"

윤소정은 입술을 질끈 깨물더니 몸을 부들부들 떨었다.

님프의 평은 틀리지 않았다. 전 소속사에서 질리도록 들었던 말이었기 때문이다.

하지만 그때는 수많은 전문가들이 말해서 그렇다.

그녀 입장에서 님프는 듣지도, 보지도 못한 사람이다. 마른하늘에 툭 떨어진 사람이나 다름이 없다. 그런 사람이 평생 동안 해 왔던 노력을 부정하니 화가 울컥 치솟았다.

"당신이…… 뭔데 그런 평가를 내리는 거죠?"

윤소정은 결코 사교적인 인간은 아니다. 그렇다고 성격이 소심하거나 그런 건 아니다.

그녀는 말이 없는 편이지만, 말을 할 때만은 강한 편이다. 고집도 강한 편이고, 신념도 확고하다.

그래서 가끔씩 소속사 매니저나 프로듀서와 종종 부딪치

곤 했다. 그녀가 소속사에서 미움 받는 또 다른 이유 중 하나였다.

요약하자면, 님프도 한 성질 하지만 윤소정 역시 마찬가지였다.

"애초에 당신들 이상해요. 당신이 데려온 트레이너라곤 하지만, 정말로 이쪽 업계의 트레이너가 맞긴 한가요? 자격증은 있나요? 아니면 그리스에서 가수셨나요?"

윤소정은 하나하나 정곡을 찌르는 질문을 했다.

그녀의 말은 모두 맞았다.

님프가 전문가로 유명하다면 모른다. 혹 어떤 소속사에 트레이너로서 지낸 경력이 있다면 모를까, 신분도 확실하지 않은데 그녀의 평을 믿어야 할까 싶었다.

이에 님프는 피곤한 기색으로 한숨을 푹 내쉬었다.

"정말 이러긴 싫었는데……."

님프는 윤소정이 서 있던 자리 옆에 섰다. 그러곤 비키라는 듯이 손을 휘적휘적 저었다.

윤소정은 불만스러운 얼굴로 멀찍이 떨어져 지우의 곁으로 이동했다.

"호오."

지우는 흥미롭다는 눈으로 님프를 가만히 쳐다봤다.

아무래도 님프가 실력을 보여 주려는 것 같았는데, 제법 기대됐다.

앱스토어의 존재와, 거기에 관련된 것이 얼마나 비상식적이고 대단한지 그는 잘 알고 있다.

님프 스스로 춤과 음악을 즐기는 요정이라 했으니, 그에 거짓은 없을 터. 과연 어떨지 궁금했다.

"카아악, 퉤!"

"……."

목을 풀려고 하는 건 알겠지만, 그래도 저 얼굴로 골초 중년 아저씨처럼 가래를 뱉는 건 좀 그랬다.

여하튼, 준비가 끝났는지 님프도 목소리를 냈다.

"아……."

그녀의 목소리를 듣자마자 지우와 윤소정은 무의식적으로 탄성을 내뱉었다.

"왜 절 버리시나요."

노래는 윤소정이 부른 것과 같았다.

원래 그 노래를 알고 있었는지, 아니면 방금 듣고 바로 외웠는지는 미지수지만 그녀는 완벽하게 음정과 박자, 가사를 소화했다.

놀라운 건 그뿐만이 아니었다. '왜 절 버리시나요.' 라는
가사를 듣자마자 지우는 정말로 없는 연인에게 버림받은
기분을 느꼈다. 노래에 맞게 감정이 폭풍처럼 사납게 울부
짖었다.

"뭐지……?"

"이 노래, 누가 부르는 거야?"

주변에서도 바로 반응이 보였다.

님프가 존재감을 차단했기 때문인지, 사람들은 노래는
들어도 그녀를 찾지는 못했다. 하지만 이내 부르는 사람은
문제가 아니라는 듯, 노래에 집중하여 발걸음을 멈추고 청
각에 온 신경을 집중했다.

심지어 근처에서 음악을 연주하던 사람들도 공연을 멈추
고 멍하니 노래에 집중했다. 몇몇은 감정에 심하게 동조 됐
는지 눈물을 펑펑 흘렸다.

"와아……."

지우도 멍하니 님프를 바라보았다.

헤드폰을 치렁치렁 목에 늘어뜨리고, 담배를 입에 문 채
로 뚱한 표정을 짓던 괴상한 요정.

그 요정이 노래를 부르기 시작하자 정말로 동화 속의 요

정을 만난 듯했다.

삭막한 도시 숲은 사라지고, 주변에는 어느새 꽃으로 가득하다. 나비가 너풀너풀 날갯짓하고, 분수대가 나타나 주변을 시원하게 적신다.

마음속으론 이별이라는 감정이 생생하게 전해져온다.

"아……."

한창 즐기고 있을 때였다.

음악 감상을 하고 있었는데, 귀와 뇌하수체까지 전해져오던 음악이 방해라도 받은 듯 뚝 끊겼다.

정신을 차리니 님프가 귀찮다는 듯 지우와 윤소정에게 성큼성큼 걸어왔다.

"내 노래는 아무나 들을 수 있는 게 아니니까 어디 가서 자랑해도 좋아."

님프가 자부심 가득한 미소를 보였다.

"뭐야, 노래 어디서 끊겼어?"

"누가 부른 거야?"

"방금 들었어?"

님프는 가벼운 마음으로 부른 것 같았지만, 주변의 반응은 가히 환상적이다.

몇몇은 담배를 끊은 금연자마냥 금단 현상이라도 일어났

는지 손을 바들바들 떨면서 주변을 샅샅이 뒤지고 있었다.

　주변 사람들 모두 혼란에 빠져, 광적이라 할 정도로 노래를 부른 주인공을 찾고 있었지만 존재감을 차단한 님프를 보기는커녕 인식조차를 하지 못했다.

　"어때. 이제 좀 믿을 수 있겠니?"

　님프가 한쪽 입꼬리만 비틀어 올리며 악당처럼 웃어 댔다.

　"죄, 죄송해요!"

　윤소정이 님프에게 허리를 구십 도로 숙여 사과했다.

　"으흐흐흑! 님프 씨, 당신은 사실 좋은 요정……."

　"닥쳐!"

　님프가 식겁하면서 지우의 코를 주먹으로 후려쳤다.

　지우는 켁켁, 하고 신음을 흘리며 코를 부여잡았다.

　그는 이게 무슨 짓이냐며 화를 내려다가, 자신의 실수를 깨닫고 어색하게 웃었다.

　이차원고용 계약 상 이차원의 존재는 고용주처럼 앱스토어와 관계된 자 이외에 존재를 알리는 걸 금하는 사항을 떠올린 것이다.

　"부탁드려요! 저는 님프 씨 같은 가수가 되고 싶어요!"

　윤소정은 냉정을 잃고 흥분된 모습을 감추지 못했다.

그녀는 음악을 진심으로 좋아한다. 단순히 명성이 높은 연예인이 되고 싶은 것이 아니라, 전국. 아니 세계에 모두에게 자신의 노래를 들려주고 싶었다.

그게 어렸을 적부터 꿈꿔왔던 가수다.

'이 사람에게 배우면 될 수 있어!'

뮤지션으로서, 아니 사람으로서 님프가 얼마나 굉장한지 깨달았다. 몇 소절밖에 부르지 않았는데도 가사에 감정이 절로 움직이고, 눈물을 흘릴 뻔했다.

사람들의 마음을 움직일 수 있는 노래. 그 힘이 얼마나 굉장한지 철저하게 깨달은 윤소정이었다.

"난 딱히 가수는 아니지만, 그래도 고용주의 의뢰가 있었으니 적어도 가수는 데뷔시켜줄 테니까 걱정 마. 그러니 쓸데없는 의심은 하지 말고 그냥 내말대로 해. 참고로 난 성격이 좋지 않아서 게으름 피운다면 네 사지를 부러뜨릴 거란다."

"……네!"

윤소정이 결심과 열의로 가득한 얼굴로 기운차게 답했다. 그녀를 보면서 지우는 혀를 쯧쯧 찼다.

'진짜로 게으름 피우면 사지가 부러질 텐데.'

아마 그녀는 님프가 괜히 기합을 주기 위해서 말한 것이라 생각하겠지만, 지우가 아는 님프는 정말로 윤소정의 팔다리를 손쉽게 부러뜨릴 것이다.

물론 그 전에 그가 곁에서 이를 막겠지만.

'앞으로 바빠지겠어.'

제4장

남자는 소개팅이란 말에
흔들리고

가정의 달, 5월.

"카네이션? 아들아, 내가 늙었다고 날 무시하는 거니? 엄마 친구 아들은 백만 원짜리 안마 의자를 선물했다고 하는데."

"딸. 내가 빙다리 핫바지로 보여? 이 아빠가 요새 낚시에 꽂혔는데 말이야……."

가족의 소중함을 깨달을 수 있는 소중한 달.

그러나 지우는 정작 가족들과 만날 시간이 없을 정도로 바쁜 하루하루를 보냈다.

윤소정에게 투자하기로 마음먹고, 님프의 일을 웨이트리스에서 트레이너로 바꾼 직후 다시 로드 커피로 복귀하여 열심히 돈을 벌었다.

로드 커피의 한 달 순익은 7130만 원.

그리고 청룡회의 송치환에게 협박받은 날을 기점으로 하여 세 달 동안 성실하게 일만 해서 돈도 제법 모였다.

213,900,000

"와⋯⋯."

지우는 침을 질질 흘리며 멍하니 스마트폰 액정을 살폈다. 고작 세 달 만에 이정도 번 것이 믿겨지지 않았다.

세상에, 아홉 자리 숫자라니. 아마 가족들이 이걸 보면 사채를 쓴 것이냐며 캐물을지 모른다.

하기야, 지우처럼 능력 없는 사람이 이 정도 가지고 있는 것은 사채 외에 결코 불가능한 것이니까.

"그렇지만 이 돈을 전부 써야한다니."

기뻐하기도 잠시. 웃음은커녕 피눈물만 나왔다.

아깝긴 하지만, 돈을 좀 더 편하고 많이 벌기 위해서는 차량이 아니라 카페를 정식으로 세워야 했다.

그래서 그는 사업자번호도 등록하고, 몇 달 동안 함께 해 온 푸드 트럭도 중고 장터에 내놨다. 로드 커피 때 쓰던 차량이라 하니 인기가 많아서 금세 팔렸다.

통장을 가득 채워준 이 돈도 써야만 했다.

거의 일주일 동안 인터넷으로 검색하고, 부동산을 돌아다니면서 적당한 상가를 임대하기로 하고 계약했다.

장소는 구로디지털단지 역.

역세권이긴 하지만, 홍대나 이대 등 번화가는 아니다.

그렇지만 어차피 마법의 커피 머신이 있기 때문에, 손님 숫자는 걱정할 필요가 없었다. 게다가 이미 로드 커피의 명성은 크다. 그는 사전에 갓도리 때처럼 명함을 돌려서 홍보도 열심히 했다.

웬만하면 번화가에 자리를 잡는 것이 좋지만, 아쉽게도 돈이 부족했다. 번화가에서 건물을 임대하고 관리비까지 따로 내려면 터무니없이 비싸다.

게다가 건물주 입장에선 들어오려는 사람이 많기 때문에 굳이 계약에 목을 매달 필요도 없고, 그래서인지 임대료도 굉장히 비싸게 잡고 낮출 생각을 하지 않는다.

이에 지우는 별수 없이 역세권의 상가이긴 하지만 번화가는 피한 것이다.

그래도 조금이라도 다행인 건 구로디지털단지는 회사 건물 등이 많아 아주 파리를 날릴 정도의 지역은 아니었다.

'역시 사업을 시작하려는 데 돈이 많이 들어. 인테리어도 약 천만 원 정도 소비했고……후, 나중을 위해서라지만 지출이 너무 크다.'

로드 커피에서 평균 팔리던 커피는 약 오백여 잔.

그래도 상가 건물 중 이 층까지 대여했으니, 사람들은 많이 수용할 수 있을 것이다. 아마 평균적으로 팔백 잔, 어쩌면 천 잔 이상을 팔수도 있다. 그럼 당연히 이득이다.

하지만 건물 임대료와 인테리어 등 너무 많이 나갔다.

'3억이나 쓰다니. 사람들이 괜히 사업 실패하고 자살하는 게 아니야. 나도 실패하면 자살해야겠어.'

극단적으로 부정적인 인간도 이 이상은 없다.

시작하기 전부터 벌써 자살 생각부터 한다.

보통 사람은 아니었다.

여하튼, 아무리 번화가가 아니어도 상가 건물 중 이 층을 임대해서 그런지 가격이 좀 나갔다. 인테리어도 큰마음 먹고 최신식으로 해서 추가적으로 비용도 지출했다.

평소에는 어떠한 구두쇠보다 더한 인간인 지우지만, 그래도 사업을 위한 투자의 마음 씀씀이는 좋은 편이었다.

'인테리어 공사는 약 한 달 정도 걸린다 했고, 종업원은 죄다 요정으로 고용하자.'

로드 커피와 다르게, 본격적으로 카페 장사를 하면 아무래도 종업원 수가 부족하다. 어쩔 수 없이 종업원을 좀 더 많이 고용해야만 했다.

하지만 사람이 많아지다 보면 마법의 커피 머신이 유출될 위험이 있었고, 비밀을 숨기기 위해선 조금 돈을 써도 요정을 고용해야만 했다.

'혹시 요정의 고용 인원수도 제한된 건 아니겠지?'

얼마 전에 마법의 커피 머신을 한 개 더 구입하려 했다가 제한이 걸려 실패한 것이 떠올랐다.

그는 스마트폰을 꺼내 허겁지겁 앱을 확인했다.

만약 요정의 고용에도 제한이 걸리면 골치 아픈 수준으로 끝나지 않는다.

'휴우. 다행이다. 이차원고용은 문제없어.'

천만다행으로 요정의 고용 인원수는 무제한이었다.

생각해 보니 이해도 할 수 있었다.

상품의 경우엔, 같은 것만 잘만 쓰면 돈을 고정적으로 고수익을 낼 수 있다. 앱스토어 입장에선 다른 상품도 팔아야 하기 때문에 일부러 한 상품의 제한을 두었다.

하지만 고용인의 경우에는 조금 다르다.

따지고 보면 단순한 노동력이기 때문에, 회계사 등 재산 관리하는 특출한 자격증이 아닌 한 돈을 크게 벌 수 없다.

정말로 그냥 가게를 운영하는데 필요한 노동력이기 때문에, 제한이 없는 건 당연했다.

'좋아. 그럼 재빨리 점장을 대신 할 요정을 찾아보자. 님프 그년은 성격이 안 좋아서 안 돼.'

의리 따위 없는 악덕 사업주!

"끄응. 괜찮은 사람, 아니 요정이 별로 없네. 님프의 성격에서 왜 그리 자신감이 많았나 했는데, 그녀가 특별한 거였구나."

지우는 처음 고용한 셈 치고 요정을 아주 잘 골랐다.

님프가 성격이 조금, 아니 굉장히 더러운 편이여도 능력면으로는 상당한 수준이었다.

춤과 음악, 그리고 물이 기원이 되는 요정 주제에 웨이트리스나 인간사회사 자격증이 있다. 또한 고용주한테는 개판이여도 손님에 대한 대응도 나쁘지 않은 편이었다.

"그 상판대기는 더 이상 보고 싶지 않았는데…… 돈도 더 주기 싫은데……."

사적인 감정이 구 할은 들어간 평가!

그러나 마땅히 점장으로 세울 만한 요정이 없으니, 비즈니스 적으로 신뢰가 두터운 님프를 점장으로 고용하는 것이 훨씬 낫다.

"별 수 없지. 일단 님프 씨에게 가서 제안은 해 둬야겠다. 아마 그 요정 성격이라면 점장 맡는 대신 시급을 올려 달라고 하겠지?"

점장을 맡길 사람이 님프밖에 없다는 결론이 나자마자 호칭이 빛 보다 빠르게 변했다.

*　　*　　*

님프의 근황은 로드 카페의 종업원이 아니라, 주로 윤소정을 트레이닝 하는 일과로 채워졌다.

또한 트레이닝 장소는 예전에 첫 만남 때 실력을 보여주었던 홍대입구 등 주로 번화가에서 행해졌다.

지우는 연습실을 빌려서 트레이닝 시켜줄 의향도 있어 님프에게 왜 거기서 안하냐고 물어봤는데, 그녀는 머리를 좌우로 흔들며 그의 의문을 풀어 주었다.

"저번에도 말했다시피 저 여자에게 노래나 춤을 트레이닝 할 필요는 없어. 사람들을 주목시키고, 끌어들이는 매력이 부족한 것이니까. 내가 할 일은 인간 여자가 주변을 포섭하는 매력을 키워줄 일밖에 없지."

이러한 이유 때문에 트레이닝 장소는 무조건 사람이 많은 장소일 필요가 있었다.

윤소정은 님프의 노래를 들은 이후부터 완전히 그녀의 광신도가 됐다시피 하여 님프가 하는 말이라면 뭐든지 믿고 따랐다.

설사 불을 보고 저건 물이라 말하여도 믿을 정도였다.

여하튼, 지우는 님프에게 메시지를 보내 어디냐고 물어 그녀가 가르쳐 준 장소로 향했다.

"호오……."

멀리서 윤소정의 모습이 보인다.

그러나 불과 세 달 전과는 완전히 다른 분위기였다.

확실히 예뻤지만, 사람들을 끌어들이는 매력 따위는 딱히 없었던 그녀가 확연하게 눈에 띄는 분위기를 돋보이고 있었다. 그 증거로 많지는 않지만 관중이 몇몇 모여 윤소정의 노래를 경청하고 있었다.

"이제 좀 괜찮아졌지?"

"깜짝이야!"

옆에서 들려온 목소리에 지우가 질겁했다.

님프가 소리도 없이 그의 곁에 어느새 서 있어서 그렇다.

그녀는 입에 담배를 물고, 불을 붙여 폐 깊숙이 잿빛 연기를 빨아들였다가 토해 냈다.

"심장이 입 바깥으로 나올 뻔했잖아요. 그보다 대체 어떤 수를 쓴 거예요?"

지우가 호기심 어린 눈으로 윤소정에게 고정했다.

"사람들의 시선을 끄는 마법이라도 가르쳐 준 겁니까?"

"설마. 과거에는 아직 요정이 물질계에 작게나마 간섭할 수 있어서 가르쳐 줄 수 있었지만, 오늘날에는 교직이 없으면 누굴 제대로 가르쳐 주거나 할 수는 없어."

님프가 어깨를 으쓱이며 답했다.

"교직?"

"응. 요정계의 임용고시를 봐서 딸 수 있어."

"……."

님프에게서 흘러나오는 말은 들으면 들을수록 동심이 산산조각 나서 남아 있지 않는다.

지우는 어이가 없어 물어보려다가, 괜히 마음의 상처만 늘 것 같아서 의문을 지워내곤 다른 질문을 했다.

"그럼 어떤 수를 쓴 거예요? 설마 아무런 힘도 쓰지 않고 순수한 단련으로만 트레이닝 시킨 거예요?"

요정이 마법의 힘을 빌리지 않고, 상황을 해결했다면 무언가 깨는 듯한 기분이 들었지만 가능성이 없는 건 아니었다. 님프는 지금까지 그의 환상을 계속해서 박살냈으니까.

"설마. 그쪽 방면으로 재능 없는 사람을 어떻게 순수한 노력만으로 성공시켜? 이 세상은 재능으로 시작해서 재능으로 끝나. 노력만으로는 불가능 해."

순수함의 결정체인 요정이 피식, 하고 그를 비웃었다.

"아우라(Aura)를 억지로 열고, 알파(α)를 베타(β)로 한 단계 올려줬어."

"아우라……?"

지우가 뭔 말이냐는 눈으로 님프를 쳐다봤다.

이에 님프는 한숨을 푹 내쉬며, 귀찮지만 넓은 마음을 가진 자신이 고생하겠다는 분위기를 풀풀 풍기며 말을 이었다.

"물질, 정신을 통합한 생명체의 기본적인 에너지. 또는 분위기. 종족을 불문하고 지니고 있는 고차원적 힘이야. 마력(魔力)이나 기(氣)와는 조금 다른 개념이지. 사람들 매료시키는 특유의 힘이랄까, 지금 너는 자세하게 설명해도 모르니 대충 그렇게 알고 있어."

"네, 뭐."

지우가 고개를 끄덕였다.

"아우라는 열 단계로 나뉘는데, 대부분 생명체가 첫 단계인 '알파'지. 그리고 윤소정이 꿈꾸는 가수나, 혹은 금속을 다루는 대장장이 등 한 가지 직업으로 수많은 경험을 하고 나름 성취를 이른 '장인'을 알고 있지?"

"네."

"그렇게 불릴 정도로 경지를 성취하면 그 일을 할 때 주변을 압도하는 분위기가 형성돼. 그게 두 번째 단계인 '베타(β)'야."

"오오, 판타지……."

판타지의 집합체인 요정이 눈앞에 있는데도 판타지를 경험하지 못했던 지우다. 그래서 평소 작은 불만이 있었는데, 님프가 완전히 차원이 다른 이야기를 하자 왠지 모르게 흥분한 지우였다.

"알파는 누구나 가지고 있지만 베타는 힘들어. 천 명에 한 명 나올까 말까지. 가끔 보면 유명할 정도로 실력이 좋지만 인기를 끌지 못하는 사람들이 가끔 있지?"

"네."

"걔들이 그런 부류야. 아우라가 없는 낙오자들. 나이를 먹으면 운 좋게 개방할 수도 있지만 그것도 하늘에 별 따기

란다. 여하튼, 이 베타에 오르면 적당한 실력만 있어도 주변을 매료시키고 압도할 수 있단다. 안타깝게도 윤소정에게는 그런 재능이 없어서, 내 힘으로 억지로 개방시켰어."

"응? 지구의 생명체에게는 크게 간섭하지 못한다고 하지 않았어요? 그런 것을 해도 괜찮습니까?"

"의뢰에 한해서 개인에게 간섭하는 건 괜찮아. 예를 들어 이미 사회에 영향을 끼치는 인물에게는 불가능해. 윤소정이 무명이라서 그런 거지, 만약 유명인이라면 어떤 영향을 끼칠지 모르니 할 수 없어."

'참으로 씁쓸한 현실이구나.'

유명하지 않고, 사회에 별 영향을 주지 못한다는 건 인정을 못 받는 것과 같다. 즉, 나쁜 말로 말하면 '뭘 해봤자 영향이 없으니 건드려서 괜찮다' 라는 뜻이었다.

"참고로 저는요?"

결과는 뻔하겠지만, 지우는 혹시 하는 마음으로 물었다.

"넌 예외야."

님프가 곧장 답했다.

"예?"

"앱스토어를 이용하는 고객은 이차원의 존재가 파악 할수 없어. 너희 같은 놈들을 파악할 수 있는 건 '관리자' 놈들이나 같은 고객밖에 없어. 금지사항 같은 게 아니고, 네가 나보다 약하건 강하건 아예 파악이 불가능 해."

"관리자……?"

지우가 미간을 찌푸렸다.

파악할 수 없다는 건 의외였지만, 그보다 더 신경 쓰인 호칭이 님프의 입에서 흘러나왔다.

"너, 너무 모른다 했는데 얼마 안 됐구나? 설마 관리자까지 모를 줄은……."

님프가 예상했다는 어조로 중얼거렸다.

"관리자는 말 그대로 관리자야. 앱스토어의 상품의 유통, 판매, 운송, 그리고 우리 같은 이차원의 존재를 소개시켜준다는 등의 일을 하지. 각 나라마다 한 명씩 있어."

"끙."

지우가 짧게 침음을 흘렸다.

'역시, 이놈들은 다국적 기업인가.'

당연하다면 당연한 사실이다.

대한민국이 세계의 중심도 아니고, 이 나라에서만 이런 상품을 파는 것은 말이 되지 않는다.

다른 나라에도 기적의 앱스토어가 있다는 것은 예상했다. 그렇지만 나라마다 관리자가 있다는 건 새로운 사실이었다.

"우리나라를 관리하는 사람, 아니 존재는 뭐하는 놈입니까?"

"나도 자세한 건 몰라. 다만 관리자들은 죄다 돈에 미친 피도 눈물도 없는 놈들이라 했어. 이 나라의 관리자에 대해선 '붉은 머리의 마녀' 라는 이명(異名)밖에 몰라."

'붉은 머리의 마녀……'

잊을 만하면 나오는 앱스토어에 대한 경각심. 그는 마음속으로 이제 붉은 머리는 조심하자고 다짐했다.

"후. 그보다 돈에 미친 사람이라면, 님프 씨도 마찬가지 아니에요?"

지우가 분위기를 바꿔보자 가볍게 말했다.

하지만 님프는 이에 가벼운 태도로 맞받아칠 수 없었다. 그녀는 얼굴을 잔뜩 굳힌 채, 무거운 분위기를 풍기며 경고하듯이 말했다.

"나와는 달라. 정말 조심해야해. 그놈들은 선악의 관념 자체를 뛰어넘은 무엇인가야."

"……"

*　　　*　　　*

윤소정의 근황을 확인한 지우는 자취방으로 돌아왔다.

님프가 말한 관리자 등 앱스토어에 대한 몇몇 일화를 듣고 많은 생각을 하게 됐다.

궁금한 건 아직 여러 가지였지만, 그는 님프에게 굳이 물어보지 않았다.

'이야기를 듣기가 두렵다.'

그동안 돈이라는 핑계로 뒷전으로 두었다.

그러나 앱스토어에 대한 진실이나 일화 등을 듣게 되면 더 이상 피할 수 없을 것 같았다.

직접 귀로 듣게 된다면, 더 이상 피할 수 없게 될 것 같아서 솔직히 겁을 먹은 지우였다.

우우우우웅.

'응?'

그때였다.

최근에는 오직 앱스토어의 기능밖에 쓰지 않은 스마트폰이 실로 오랜만에 울렸다. 액정을 확인해 보니 저장된 번호가 떠올랐다.

[김조영]

'김조영?……아! 고등학교 때 같은 반이었던…….'

정지우라는 인간은 기본적으로 교우 관계가 좁다.

그렇지만 아예 없는 건 아니다.

친한 사람을 고르자면 김수연 정도지만, 그 외에도 번호를 교환한 사람이 있긴 하다.

김조영은 그중 한 사람인데, 고등학생 1학년 때 즈음에 사귀고 번호 교환도 했던 친구였다.

대학을 입학한 뒤에는 연락이 통 없었지만 그래도 지우는 핸드폰을 바꾸면서 번호를 바꾸지 않았기 때문에 친구 전화번호는 아직 남아 있었다.

"여보세요?"

—오, 지우야. 오랜만이다.

"어음, 그래. 오랜만이야."

—그동안 연락 못해서 미안하다. 내가 좀 바빴거든. 군대 전역했다며?

"응."

지우는 수를 세면 손가락 안에 드는 동성 친구와의 통화에 오랜만에 마음이 들떴다.

그는 김조영과 여러 가지 대화를 나누었다.

―아, 그쪽 사단이었어? 난 방공나왔거든.

"오, 방공? 흔하지 않은 특기네. 나는……."

남자끼리 모이면 하는 얘기라면 군대 얘기뿐!

그래도 예의상 근황 얘기도 나누었다.

―괜찮다면 오랜만에 한 번 볼까? 내가 밥 한 번 쏠게.

"진짜?"

돈을 벌어도 변하지 않는 구두쇠 정신!

―어, 물론이지. 아니다. 아예 내가 여자 소개 시켜줄게. 사실 이번에 3대3 미팅 자리가 있었는데, 한 명이 없어서 문제였거든.

'여자라고!'

지우의 얼굴에 기대감이 잔뜩 어렸다.

아무리 돈에 좀 환장한 그라고 해도, 이십 대 청년인 만큼 여자에 나름대로 관심 있는 지우였다.

게다가 그동안은 집안 사정이나 돈 때문에 연애할 생각이 없었지만, 지금 사정에 여유가 생긴 요새는 사정이 조금 달라졌다.

'흠. 과연 그래서 나랑 친하지도 않은데 뜬금없이 전화했구나.'

끝없는 인간 불신!

지우가 살짝 경계를 풀었다.

그는 통화 도중에 김조영이 전화한 이유가 혹시 다단계가 아닐까 싶었다. 그다지 친하지도 않는 사람이 만나자고 하면 백에 칠십은 다단계나 신종 사기라고 의심부터 하는 지우였다.

—돈은 한 삼만 원만 지출해와. 펜션 잡고 바비큐 해먹을 거거든. 설마 너 고등학교 때처럼 그냥 맨몸으로 오는 건 아니겠지?

"하하하! 설마, 친구야. 날 뭘로 보고!"

조금, 아니 매우 뜨끔한 지우였다.

—그래. 그럼 내일 모레 3시까지 고속터미널로 와.

"알았어."

—응. 그럼 끊는다.

"엉."

통화는 종료됐다.

지우는 후후, 하고 크게 웃음을 터뜨렸다.

"좋아! 나도 이제 좀 잘나간다! 돈도 많이 벌고, 친구도 많이 사귀어주지!"

제5장

아찔하고, 섬뜩한
미팅 속에서

미팅.

좋게 말해서 남녀 학생들이 사교를 목적으로 집단으로 가지는 모임이고, 실상은 외로운 솔로들이 연인을 사귀기 위해서 간을 보는 작은 사회 판이었다.

지우는 어차피 로드 카페의 인테리어가 완공될 때까지 한 달이라는 시간이 남았기 때문에 할 일도 없어서 휴가를 즐긴다는 가벼운 마음을 가졌다.

"호호호. 오빠 정말 웃기다."

"흠흠. 내가 원래 말재주가 좋아요."

지우가 으쓱하며 입을 귀 밑까지 찢어 웃었다.

그는 연예인이나 탈 법한 대형 벤에 타고, 뒷좌석에 앉아 예쁘장한 여성과 즐겁게 대화를 하고 있었다.

"짜식. 여자 만났다고 좋아하는 거 봐라. 하하하!"

보조석에 앉은 김조영이 몸을 돌려 웃음을 터뜨렸다.

이에 지우와, 김조영의 또 다른 친구인 고지훈이 따라서 웃었다.

현재 일행은 펜션을 향해 고속도로를 달리고 있었다.

김조영의 말에 따르면 서울 근처에는 펜션 잡기가 워낙 돈이 나가서, 별수 없이 지방에다가 잡았다 한다.

지우도 어차피 휴양 겸 가는지라 딱히 서울 근처에서 놀지 않아도 상관없었다. 그래서 김조영의 말에 고개를 끄덕이곤 즐거운 여행길에 몸을 맡겼다.

'그래! 사람이라면 이렇게 변해야지!'

옆에선 처음 본 순간 자신이 마음에 들었다며, 옆자리에 앉아 꼬리를 살랑이는 예쁜 여자애가 있다. 나이도 한 살 아래, 딱 좋은 관계다.

지우는 원래 사람을 대놓고 의심하는 편이었지만, 워낙 오랫동안 여자와 관계가 없어서 그랬는지. 남자로서 본능을 참지 못하고 해벌레 하고 좋아하기만 했다.

'별일 있겠어?'

그래. 너무 의심이 많아도 문제야.

그러니까 자신이 제대로 사회 활동을 못하는 것이다.

김조영은 고등학교 학창 시절에 딱히 문제가 없는 친구였다. 가끔씩 빌붙었을 때 먹을 것도 사주었다.

'난 바보야. 이렇게 좋은 친구를 모르고 있었다니. 로드 카페가 잘 되면 잘해 줘야겠어. 후후후!'

*　　　*　　　*

'잘해 주긴 개뿔. 이 개새끼야!'

지우가 땀을 삐질삐질 흘렸다.

"백왕교(白王敎)는 결코 사이비 종교가 아닙니다. 교주님께서는 정말로 기적을 일으킬 힘을 가지고 계십니다."

'다단계나 사기보다 더 악질인 사이비 종교였다니!'

지우는 속으로 비명을 꽥 질렀다.

그는 울 것 같은 얼굴로 주변을 슥 둘러보았다.

약 천 명가량을 수용할 수 있는 대강당. 정면 앞으로는 무대가 설치돼 있고, 얼굴까지 가린 백의(白衣)를 입은 수상적인 인물들이 일렬로 쭉 서 있었다.

무대 아래에는 수많은 신도(信徒)들이 환희, 감동, 경악, 기대감 등 격한 감정으로 뒤섞인 채로 서 있었다.

약 세 시간 전, 지우는 벤을 타고 김조영의 안내에 따라 이름도 모르는 한 산장(山莊)에 도착했다.

그러나 도착하자마자 지우는 입을 다물지 못했다.

산장에 도착한 건 좋으나, 입구에서부터 딱 봐도 수상한 티가 나는 문장이 새겨진 건축물이 보였기 때문이다.

게다가 미팅은 결코 할 수 없을 정도로, 수많은 사람들이 입구로 들어가고 있었다.

지우와 오면서 나름대로 친분을 만든 고지훈은 도착하자마자 당혹스러워했다. 두 사람은 김조영의 손에 이끌려서 어떤 방으로 향했고, 도착하자 예쁜 여자들은 사라지고 대신 덩치가 큰 험상궂은 사내들이 문 앞을 막아섰다.

김조영은 멍한 얼굴의 둘을 앉혀두곤 약 두 시간 동안 백왕교인가 뭐시기 한 종교의 교리 등을 뜬금없이 설명했다. 그리고 난 뒤에 이 대강당으로 두 사람의 의견을 듣기도 전에 억지로 집어넣었다.

'당했다.'

지우는 낭패스러운 기색을 지우지 못했다.

'이건 뭐 삼류 코미디 인생도 아니고!'

요즘 같은 시대에는 사이비 종교를 찾기가 더 힘들다.

옛날에는 몇몇 사람들을 납치하고, 감금해서 수상한 교리를 머리에 쑤셔 넣는다고는 했으나 요즘에는 별로 없다.

"아, 진짜 좆 됐다……."

고지훈이 얼굴을 양손바닥으로 가리며 욕설을 내뱉으며 중얼거렸다. 그의 얼굴도 지우와 별다를 것이 없었다.

사이비 종교.

설마 영화에서나 일어날 법한 일을 경험할지는 고지훈 또한 몰랐다.

"지훈 씨. 김조영이랑 원래 친한 사이였어요?"

지우가 눈을 게슴츠레 뜨며 고지훈에게 물었다. 혹시 고지훈이 도움이 될 만한 사람이 아닐까 싶어 일말의 희망을 걸고 통성명이라도 시도했다.

"아뇨. 군대 동기였어요."

'음, 나랑 같은 호구구나. 도움이 되지 않겠어.'

여자라는 미끼에 쉽게 믿고 순순히 따라온 것 자체가 우습고 바보 같은 일이다. 남들에게 말하면 비웃음을 당할 정도로의 수준이었다.

"이제 저희 진짜 큰일 났네요. 출입구 쪽에는 한주먹 할 것 같은 형님들만 있으니, 빠져나가긴 무리인데……."

고지훈이 퇴색 깊은 눈매로 뒤를 힐끗 살펴보았다.

그의 말대로 출입구에는 약 스무 명의 거한들이 선글라스로 얼굴을 가린 채 입을 굳게 다물고 서 있었다.

문제는 그들뿐만이 아니었다.

주변에 천 명 가까이 될 법한 수많은 신도들이었다.

지우에게 거한은 문제 되지 않는다. 그에겐 비록 접촉해야 한다는 제한이 있지만, 사람을 기절시킬 수 있는 위력을 지닌 전력을 자가생성할 수 있다.

그러나 그건 어디까지나 상대가 소수일 때다.

사이비 종교의 광신도는 무섭다. 그들은 아픔을 두려워하지 않는다. 만약 거한을 공격했다가, 이 많은 신도들이 눈을 회까닥했다간 정말로 목숨을 보장하지 못한다.

그렇다고 도망갈 수는 없었다.

김조영 같이 바람꾼들이 이미 손을 써두었는지 지우처럼 낚여서 온 사람들을 쉽게 관찰할 수 있도록 따로 모아두었다.

'진짜 어떻게 하지?'

장난이 아니다.

소름이 허리부터 시작해 머리 위까지 좌르르 타고 흐른다. 살이 푸르르 떨려 왔다. 뇌도 둥둥하고 시끄러운 북소리를 울렸다.

"자자, 여러분 다들 주목해 주십시오."

생각이 잠시 멈추었다. 일렬로 쭉 늘어져 있는 백의인들 사이, 유일하게 얼굴을 가리지 않는 남자가 있었다.

남자는 여러모로 눈에 띄었다.

외관의 연령대는 많아봤자 삼십 대 초반이었다. 그러나 희뿌옇게 질린 머리칼은 한국은 물론이고 외국에서도 보기 힘든 색이었다. 탈색을 한 것은 아닌지, 머릿결 자체도 좋아보였다.

백의와 완벽히 몰아일체 하는 눈부신 백발.

백팔십 센티미터 정도 되는 큰 키에, 왠지 모르게 첫인상부터 선해 보인다는 느낌이 묻어나는 얼굴이었다.

결코 이런 곳에 와서 무언가를 할 만한 사람으로 보이지는 않았다. 게다가 나름 잘생겨서, 모델이 아닐까 싶기도 하는 이미지였다.

"다시 한 번 소개하겠습니다. 전 백왕교의 교주, 백고천 (白高天)이라 합니다."

놀랍게도 삼십 대 초반으로 밖에 보이지 않은 남자가 이 수많은 신도들을 이끄는 교주였다.

"와아아아아!"

"으허어엉! 교주님! 교주님!"

"백왕교 만세! 교주님 만세!"

"할렐루야!"

광기(狂氣)

현 상황을 표현하자면 이 단어만큼 어울리는 것이 없었다. 대강당에 모인 수많은 신도들은 잔뜩 흥분한 기색으로 환호했다. 몇몇은 감정이 격앙되어 우는 이들도 있었다.

지우는 그 광경을 보고 살짝 소름이 끼칠 정도였다.

무엇인가가 다르다.

'뭐지, 이 밑도 끝도 없는 광신은?'

과학적으로 증명하기 힘들고, 아직 수많은 미신을 믿던 과거와는 다르게 현대에선 사이비 종교를 잘 믿지 않는다.

설령 믿는다 하여도, 이는 사람의 나약해진 정신에 의한 것이지 진심으로 우러나오는 존경은 아니다.

예를 들어 불치병에 걸린 자식을 둔 부모가 있다고 생각해 보자.

부모는 하나밖에 없는 자식을 위해서 무엇이든지 했을 것이다. 전국을 떠돌아다니며 병원에도 들어가 보고, 의사들이 모두 포기하자 무당에게도 찾아가본다. 그것도 되지 않으면 종교의 힘을 빌리기도 한다.

인간이 신을 찾을 때는 정신적으로 약해지고 상황이 절망적일 때가 특히 많다. 신을 믿지 않는 무교인도 신을 찾기 마련이었다.

즉, 그들도 어쩔 수 없다는 생각으로 무언가에 의지하기 시작한다. 의지할 것이 없으면 무너질 것 같아서다.

그래서 백에 육십 정도는 자기가 믿는 종교가 이상한 것이라는 걸 알고도, 이미 정신이 피폐해져 그걸 거의 반억지 수준으로 믿는다.

그리고 사이비 종교는 피폐해진 사람들의 마음을 틈타 교묘한 말솜씨로 속이는 것이고.

허나, 이들은 달랐다.

무언가가 다르다.

말로는 설명하기 힘들었다.

그러나 지우는 직감적으로 이 신도들이 진심으로 백왕교라는 종교를 마음속 깊이 믿고 있다는 것이다.

이는 확신이었다.

지우에겐 사람의 마음을 읽는 특별한 능력 따위는 존재하지 않았지만, 영혼 깊숙한 곳. 또는 무저갱처럼 깊고 어두운 곳에서부터 확신이 치솟아올랐다.

'위험하다.'

백고천.

처음 들어본 이름이다. 얼굴도 단 한 번도 본 적 없었다.

그러나 직감적으로, 본능이 경고하고 있었다.

놈과는 같은 길을 걸을 수 없다. 놈과 싸운다면 분명히 무언가가 일어난다. 그렇다고 결코 같은 편이 될 놈이 아니었다. 온몸의 모든 신경이 칼날처럼 예리해졌다.

"후우. 후우."

"지우 씨. 괜찮으세요?"

고지훈이 옆에서 식은땀을 흘리고 있는 지우를 걱정스레 쳐다보았다.

"예, 괜찮습니다."

지우는 눈살을 살짝 찌푸린 채로 손을 내저어 괜찮다는 제스처를 취했다. 그러곤 백고천을 뚫어지게 쳐다보며 입술을 질끈 깨물고 그의 말에 집중했다.

백고천은 선한 인상에 걸맞은 부드러운 미소를 보였다.

지우는 그 미소가 어떤 미소보다 불길해 보였다.

"보아하니 처음오시는 분들도 계시는군요. 아마 다들 불안한 마음이시겠죠?"

백고천이 입을 열자마자 울고, 화내고, 웃고, 격정적인 모습을 보이던 광신도들이 뚝 하고 멈추었다.

그 타이밍이 너무 잘 맞아서 공포감을 느낄 정도다.

고지훈도 그에게서 불길함을 느꼈는지 불안한 기색을 보였다.

"새로 오신 분들은 지금 아마 사이비 종교에 오신 건 아닐까 걱정하고 계실 겁니다. 이해합니다. 아는 사람에게 이끌려 왔는데, 들어본 적도 없는 종교 단체였으니까요."

'뭐지?'

백고천은 티브이 매체 속에서 보던 사이비 교주와는 조금 다른 모습을 보였다.

그는 적어도 상식적인 선에 맞춰서 얘기하고 있었다.

이렇게 말하면 새로운 신도를 받아들이기는커녕, 괜히 불안감만 증폭시킬 뿐이었다.

신도가 아닌 다른 사람들도 무언가 이상함을 느꼈는지 서로 눈치를 보면서 수군거렸다.

"백 번의 말보다, 한 번 눈으로 직접 보는 것이 낫다는 말이 있습니다. 일단 작은 '기적'부터 보여드리죠."

백고천이 옆에 있는 백의인에게 눈짓을 보냈다.

그러자 나열한 백의인 중 한 명이 앞으로 나서서 무대 아래에 있는 신도를 데려왔다.

신도는 가족으로 보였는데, 둘은 얼굴에 주름이 가득한

부부였고 한 명은 이제 막 중학생이 됐을 법한 어린 소년이 었다.

그러나 어린 소년은 몸이 불편한지 휠체어를 타고 있었다. 얼굴엔 불안과 절망으로 가득하고, 한 편으로는 지금의 상황이 두려워 보이는 것 같았다.

"이 소년은 불쌍하게도 3년 전, 교통사고로 인하여 더 이상 걷지 못하게 됐습니다."

백고천은 진심으로 안타깝다는 듯 동정 어린 눈으로 소년을 쳐다보면서 눈물까지 글썽였다.

이에 광신도들도 교주의 말에 동조했는지 벌써부터 우는 사람들이 속속 등장했다.

"그러나 이 소년에겐 운 좋게도 백왕교에 들어오신 부모가 있었습니다."

백고천은 품 안으로 손을 집어넣었다. 그러곤 손가락 마디만 한 작은 알약을 꺼냈다.

순간.

광신도들의 눈빛이 변했다.

보석이라도 보듯이 몽롱하게 변했고, 몇몇은 욕망으로 가득한 동공으로 알약을 멍하니 쳐다보았다.

주변에선 "오오" 하고 탄성이 흘러넘친다. 묘한 고양감이 대강당 전체를 뒤덮는다. 광기를 넘어선 무언가의 감정의 소용돌이가 흘러넘쳤다.

"이 약은 백왕님이 불쌍한 이들을 위해 내려준 백단(白團)입니다. 백단은 어떤 병이건 눈 깜짝할 사이에 완치해 주는 신약(神藥)이지요."

"뭔 개소리를……."

고지훈이 옆에서 헛웃음을 들이켜며 중얼거렸다.

다행히 그도 눈치가 있는지 큰 소리로 말하진 않았다.

이 광신도 사이에서 그런 말을 했다간 어찌 될지 뻔히 알고 있기 때문에, 그런 어리석은 행동은 하지 않았다.

지우도 고지훈의 말에 동의한 듯 고개를 살짝 위아래로 흔들었다.

"새로 오신 분들께서는 제가 거짓말쟁이 약장수로 보이겠지요. 하지만 이것은 거짓이 아닙니다. 저는 백약이 불로불사로 만들어 준다는 허무맹랑한 소리를 하지 않습니다. 다만 어떤 병이던, 살아만 있고 사지가 멀쩡히 붙어 있으면 모든 상태를 치료해 주지요."

백고천이 부드럽게 웃었다. 그 웃음은 굉장히 선해 보이고, 왠지 모르게 수긍이 갈만큼 충분한 매력이 넘쳤다.

'저게 님프가 말하던 아우라인가?'

딱 봐도 믿을만한 놈은 아니다.

얼굴이 착해 보이긴 하지만, 그 입에서 나오는 이야기는 믿기가 힘들었다.

그러나 왠지 모르게 그 분위기에는 끌렸다.

그 증거로 지우와 같이 끌려온 사람들이 아까와는 다르게 조금 흥미를 보이면서 백고천을 쳐다보고 있었다.

며칠 전, 님프는 생명체라면 아우라라는 사람을 이끌고 매료시키는 분위기가 있다 하였다.

혹시 백고천이 알파를 넘어 베타 수준의 아우라를 지닌 건 아닐까 싶었다.

"자, 아이야. 이걸 먹거라. 탁한 걸 정화하고, 모든 병을 완쾌시키는 백왕님의 은혜를 너에게 내려주마."

백고천이 백단을 소년에게 넘겼다.

"자, 어서."

"아가."

뒤에서 부모가 재촉하듯이 소년에게 속삭였다.

"하, 하지만……."

소년은 겁을 잔뜩 먹은 얼굴로 몸을 파르르 떨었다.

그는 아직 열 세 살 밖에 되지 않은 초등학생이었다.

정확히 3년 전만 해도 소년은 다른 가정과 별다를 것이 없는 평범한 사람이었다. 그러나 불우한 교통사고에 당하고, 다리를 다시는 쓸 수 없게 된 이후로 소년의 부모도 이상해지기 시작했다.

부모는 처음에 자신을 보고 통곡했지만, 엄마아빠만 믿으라면서 자신을 전국에 있는 병원에 데려갔다.

하지만 어디에 가던 간에 의사들은 머리를 흔들며 평생 걸을 수 없다는 진단을 내렸다.

부모는 의사에게 화를 냈다. 어쩔 때는 경비병에게 붙들려 바깥으로 내쫓긴 적도 있었다.

소년은 우울했다. 자신이 걸을 수 없다는 사실이 슬펐다. 하지만 자신의 곁에는 든든한 부모가 있었다.

부모가 끝까지 포기하지 않고, 자신 앞에서 웃으면서 괜찮다고 다독일 때마다 마음이 치유됐다.

소년은 그런 부모를 위해서도 희망을 포기하지 않았다.

그러나 이후, 무언가가 잘못됐다.

시간이 지날수록 부모의 마음은 피폐해졌다.

현대 의학이 통하지 않자 미신에 기대기로 했다.

무당에게 찾아가서 굿을 하기도 하고, 기독교, 불교를 가리지 않고 그 외에 종교에게도 기대기도 하였다.

하루에 몇 백, 몇 천 번씩 기도를 올렸다.

이런 부모의 노력에도 소년은 나아질 기미를 보이지 않았다.

그러나 소년은 우울해하지 않았다.

두 다리를 잃었고, 평생 걸을 수 없게 됐다.

확실히 그건 슬프다. 그렇지만 부모는 포기하지 않았다.

자신이 심심해할까 봐 책을 읽어주고, 게임도 가져다주었다. 주변에서 동정의 눈길로 쳐다보거나 장애인 취급하면 화를 내주었다. 소년은 부모가 지탱이 됐고, 정신력도 강해졌다.

비록 두 다리는 없지만 부모의 곁에서라면 살아갈 수 있을 것이라 생각했다.

그렇지만 그 희망은 얼마 가지 않았다.

부모가 이상한 종교에 빠졌다.

전 재산을 이상한 종교에 받치고, 교주라는 인간을 보고 신이라 불렀다. 아무리 어린 자신이라도 그것이 정상이 아니란 걸 깨달았다.

그래서 소년은 부모에게 자신은 괜찮다고 했다.

그러니 이상한 종교에 들어가지 말라고 말했다. 재산을 다시 돌려받고, 집으로 돌아가자고 했다.

"그게 무슨 소리니!"

"너 지금 감히 교주님을 의심하는 거야? 이 녀
석!"

상냥하고, 기둥이 됐던 부모님이 돌변했다.

처음으로 화를 냈다. 악귀처럼 일그러진 얼굴로 소년을
혼내고 심지어 뺨도 때렸다. 소년은 눈물을 흘렸다.

그리고 별수 없이 부모님의 손에 이끌렸다.

정신을 차리고 보니 부모님이 신으로 모시는 인간 앞에
섰다. 그를 눈앞에서 봤을 때 소년은 생각했다.

교주는 결코 신이 아니다. 인간이다.

성스러운 광채가 나는 것도 아니고, 어딜 봐도 사람과 똑
같이 생겼다. 날아다니는 것도 아니었다. 의사들처럼 백의
를 입은 남자에 불과했다.

"머, 먹기 싫어요."

소년은 공포에 떨며 눈물을 흘렸다.

"자, 너도 이걸 원했지?"

"어서 먹으렴. 이것만 먹으면 나아질 수 있어."

엄마가 턱을 붙잡고 연다. 아빠가 볼을 꽉 잡는다.

그리고 백단이라 불리는 수상한 약이 입 안으로 들어오

고, 식도를 넘어 위까지 흘러들어왔다.

헌데.

"어?"

근 삼 년 동안 느껴지지 않았던 감각이 돌아왔다.

"아아아……."

소년이 눈물을 폭포처럼 쏟아 냈다.

공포로서 나오는 눈물이 아니었다.

"엄마와 아빠 말이 맞았어……."

낮은 시야가 올라간다.

소년은 두 다리로 땅 위에 서 있었다.

그의 눈에도 부모님이 보았던 광경이 보였다.

교주는 신이었다.

눈부실 정도로 흰 백발이 바람에 휘날린다. 등 뒤에서 태
양과 같은 빛이 쏟아졌다. 백의는 어떠한 옷보다 성스러워
보였다. 교주와 한마디라도 대화를 하고 싶었다.

"백왕이시여!"

"할렐루야! 할렐루야!"

"교주님 만세! 백왕교 만세!"

광기는 배로 높아지고, 혼돈으로 가득해진다.

무대는 그야말로 난리였다. 수많은 사람들이 눈물을 흘

리면서 절을 했다. 천 명 가까이나 되는 사람들이 죄다 머리를 숙이고 있는 모습은 그야말로 장관이었다.

주변에선 백왕교, 교주, 할렐루야, 신이시여 등 여러 미사여구가 난무했다.

신도들은 목이 쉬도록 소리를 질러 댔다.

"당장 머리를 숙여!"

"교주님께 뭐하는 거야!"

"저분은 신이시라고!"

여기저기서 지우를 포함한 일반인들에게 비난의 목소리가 흘러나온다. 머리를 숙이지 않으면 당장이라도 죽일 것 같은 사나운 기색이었다.

이에 고지훈을 포함한 일반인들이 어쩔 수 없다는 듯이 허리를 숙였다. 다들 얼굴에는 미심적인 기색이 묻어났다.

"놀고 자빠졌네."

지우가 볼 것도 없다는 듯, 입꼬리를 살짝 비틀어 올려 비웃음을 흘렸다.

"뭐야!"

근처에 있던 신도가 화를 내며 소리를 버럭 질렀다.

지우를 이곳까지 데려온 김조영이었다.

"너 이 새끼, 정지우! 지금 뭐라고 했어?"

찌릿찌릿.

팔을 확인하니 닭살이 올랐다. 등골이 오싹한 이 섬뜩한 기운, 인간이 한 가지 일념을 집중한다면 그게 육감으로 느껴진다는데 정말 그럴 줄은 몰랐다.

김조영은 진심으로 정지우라는 한 인간을 죽일 작정이었다.

"이봐요, 지우 씨! 얼른 사과하시고 허리를 숙이세요!"

옆에 있던 고지훈도 상황이 무엇인가 잘못 돌아가는 걸 알았는지 시체처럼 창백해진 안색으로 소리를 죽여 말했다.

'아차차. 나도 모르게……'

지우가 혀를 차며 눈썹을 굽히며 얼굴을 찡그렸다.

기가 찰 정도로 너무 유치한 연극이라, 자기도 모르게 비웃음이 흘러나왔다.

"거기, 학생. 뭐가 그렇게 웃겼는지요?"

무대 위에서 누군가가 지우에게 질문을 던졌다.

백왕교의 교주?, 백고천이었다.

'젠장. 이렇게 된 거, 피할 수 없다.'

원래부터 그는 대강당에 들어온 이후부터 어떻게 하면 도망칠 수 있을지 머리를 굴렸다.

단순한 일반인이었더라면 얌전히 적당히 대응하고 도망쳤겠지만, '일렉트로'라는 비상식적인 힘을 지니고 있으니 여러 방법을 고민할 수 있었다.

그는 재빨리 지금 상황을 타파할 가능성을 떠올렸다.

'이 많은 신도들에게 둘러싸이면 좋지 않아. 난 일렉트로의 한계가 얼마 정도인지 모르니까.'

전력을 생성하는 힘, 일렉트로.

이 힘 덕분에 청룡회를 상대하는데 문제가 없었다.

그러나 그때 느낀 것이지만 일렉트로는 무한하고 만능하지 않다. 엄연히 한계가 존재한다.

일렉트로는 사용하면 할수록 정신력을 소모한다. 그 한계치는 모르지만 이 많은 숫자를 상대할 수는 없을 것이고 결국 정신력을 죄다 소비해 제대로 몸도 겨누지 못할 터. 그런 상황만큼은 피해야만 했다.

'그렇다면 답은 뻔하지. 놈들을 신처럼 모시는 백고천을 인질로 잡는다. 놈은 사기꾼이니까 제압하는 데는 어렵지 않아. 근처에 있는 백의인 놈들은 기절시키면 그만이고.'

아주 찰나의 순간, 지우는 최대한 머리를 굴려서 알맞은 판단을 내렸다.

'일단 적진 한가운데 있을 순 없지. 거리를 좁히자.'

생각을 끝낸 지우는 행동을 시작했다.

그는 백고천을 똑바로 쳐다보며 그의 질문에 답했다.

"웃길 수밖에 없죠. 일단 그 백단이라는 건 증명 자체를 할 수 없어요. 저 소년과 부모들은 사실 당신이 데려온 배우라면 어쩌죠? 멀쩡한 사람이 불구인 척한 걸 모를 줄 알고요?"

일부러 도발하는 듯의 반말은 피했다.

만약 주변 광신도들이 흥분해서 덤벼들면 큰일이기 때문이었다. 게다가 일부러 목소리도 줄여서 조용히 말했다.

이는 딱히 그가 겁을 먹어서는 아니었다.

"잘 들리지 않는군요. 이리로 좀 더 가까이 오세요."

백고천이 예의 선한 웃음을 잃지 않고 손가락을 까딱였다. 지우는 속으로 '됐다!' 하고 좋아하며 그에게 천천히 걸어갔다. 앞에 있던 신도들은 백고천의 명령에 따르는 듯 모세의 기적처럼 양옆으로 갈라졌다.

그가 다가오자 백고천의 주위에 있던 백의인들이 교주를 호위하듯 원으로 둘러쌌다.

지우는 백고천과 약 십여 미터 정도 거리를 두고, 방금 전에 했던 말을 재차 전했다.

"이놈!"

얼굴까지 가린 백의인 중 한 명이 지우를 죽일 듯이 노려보며 분노했다. 다른 백의인들도 마찬가지였다.

아마 그들은 백왕교의 간부이자 교주를 진심으로 따르고 존경하는 광신도인 모양이었다.

"하지만 제 말이 틀렸습니까?"

그의 말에 신도 외의 일반인들이 긍정하는 모습을 보였다.

'정말, 나도 겁이 참 많단 말이야. 난 나와 같은 또 다른 앱스토어의 고객인 줄 알았어.'

사실 지우는 백고천을 보자마자 매우 불안했다.

베타 영역까지 올린 아우라도 아우라지만, 이 정도 인원이나 되는 사람들에게 그만큼 신뢰를 얻은 걸 보면 앱스토어의 기적 상품을 쓴 건 아닐까 생각했다.

만약 그랬다면 최악이다.

그가 그토록 두려워했던 타 고객과의 만남이니까.

지우가 다른 고객과의 만남을 피하고, 싫어했던 이유는 원초적인 본능의 두려움이다.

자신에게 몸을 지킬 능력이라곤 일렉트로 밖에 없다.

그러나 다른 고객은 다르다. 그들은 어쩌면 십 년도 전에 앱스토어의 고객이 되었을지도 모르고, 자기 자신보다 핑장한 상품을 구입했을지도 모른다.

만약 일렉트로가 통하지 않는다면 매우 곤란하다.

앱스토어의 힘이 얼마나 대단하고 비상식적인 지는 지우 본인이 잘 알고 있었다.

허나 백고천은 아니다.

그저 운 좋게, 님프의 말대로 천 명에 한 명 있을까 말까 하는 아우라 베타 영역을 지닌 선동가에 불과했다.

만약 앱스토어의 고객이면 좀 더 믿기 쉬운 능력을 보여 주었을 것이다. 하늘을 날거나, 원소를 손에서 만들거나 말 이다.

지우는 백고천이 그런 방법이 아니라, 일반인조차도 믿기 힘든 불확실한 방법을 쓴 걸 보고 확신했다.

백고천은 앱스토어의 고객이 아니라고.

'흥. 그럼 무서울 건 없지. 빠르게 백고천을 제압하고, 놈을 인질로 삼는다. 그리고 그를 족쳐서 안전을 확보하면 그만이야.'

정지우라는 인간은 기본적으로 선악에 속하지 않는다.

그는 지독한 이기주의자다.

비록 사이비 종교에 빠져들어, 위험에 빠진 수많은 사람들이 있었지만 이들을 다 구해내기엔 자신의 힘으로는 어떻게 봐도 부족했다.

또한 그보다는 일단 최우선 사항을 여기에서 벗어나는 일이지, 한가하게 사람들을 구한다며 나서서 쨍구를 굴릴 상황은 아니었다.

"흐음. 그렇군요. 좋아, 그럼 더 확실한 증거를 보여드리죠."

백고천이 여전히 미소를 유지한 채로 말했다.

"일단 시범적으로 당신의 사지를 죄다 부러뜨리겠습니다. 그리고 그걸 다시 치료해드리죠."

"내 그럴 줄 알았다!"

백고천의 말이 떨어지자마자, 지우가 기다렸다는 듯이 무대 위를 잡고 몸을 날렸다.

"어딜!"

백의인 둘이 번개같이 반응하며 지우를 잡아채려했다.

그러나 이는 어리석은 행위였다.

지우의 일렉트로는 접촉을 해야 발동한다.

즉, 그가 바라는 상황이었던 것. 지우는 서늘하게 웃으며 자신을 잡아채려는 백의인을 향해 두 손을 뻗어 반대로 그들을 낚아챘다.

"끄아아아악!"

"아아아악!"

빠직! 빠지지직!

푸르스름한 스파크가 튀긴다. 수십, 수백, 수천 가지의 전류로 이어진 충격이 모세혈관을 터뜨리고 장기까지 집어삼킨다. 이어서 두뇌 중추까지 침입하여 위협을 가한다.

다행히 생명이나 주요 신경 등에 위해를 가할 정도는 아니었고, 어느 정도 가볍게 기절을 시킬 정도였다.

"다음은 네놈 차례다!"

지우가 백고천을 향해 나비처럼 날아서 벌처럼 덤벼들었다. 허공에 뜬 그는 사냥감을 낚아채는 호랑이와 비슷한 분위기를 풍겼다.

하지만.

'어?'

이상했다. 상황이 급변한다.

자신이 생각했던 추론이 완벽하게 무너졌다.

백고천은 지우가 덤벼들 것을 예상했다는 듯이, 경계가 득한 눈으로 허공에 뜬 그를 올려다보며 근처에 있던 백의인을 밀어냈다.

"헛, 교주님……?"

백의인이 멍하니 중얼거렸다. 백고천을 노리고 있던 지

우의 손이 백의인의 어깨에 접촉한다.

"끄아아아아아악!"

다시 푸르스름한 스파크가 튀었다. 전류가 온몸을 뒤덮으며 정신을 빼앗아 간다.

백의인의 광신과 분노, 그리고 교주에 대한 의문으로 뒤섞인 정신이 아득해졌다.

지우의 두뇌가 다시 공회전한다. 폐쇄한 가능성을 불러들인다. 방금 전까지 확신을 낸 판단을 지워냈다.

생각이 꼬리를 물고 이어졌다. 가지 수처럼 여러 갈래로 나뉘어져 무언가를 생성해냈다.

찰나의 순간, 또 다른 판단을 내린 그는 당혹스러운 얼굴로 황급히 뒤로 물러나 경계 어린 눈으로 백고천을 쳐다봤다. 백고천은 선한 미소는 온데간데없이, 잡아먹을 듯한 음울한 눈동자가 어둡게 빛나고 있었다.

그는 석상처럼 딱딱하게 굳어 버린 표정으로 사납게 으르릉거렸다.

"종교를 만들면 언젠가는 찾아올 줄 알았다, 앱스토어의 고객!"

제6장

미지와의 무언가와
조우한다

"아, 아니 저놈이!"

"저런 불경한 놈!"

"교주님!"

무대 밑에서 분노와 절규가 터졌다.

온갖 부정적인 감정, 거기에 더해서 지우를 당장이라도 죽일 것 같은 분노가 뒤섞인 신도들의 광기가 실린 목소리가 대강당을 가득 채웠다.

천 명에 가까운 사람들이 한꺼번에 소리쳐서 그런지 대강당 전체가 지진이라도 일어난 듯 마구 흔들렸다.

고막이 찢어질 정도로의 크기였다.

"그만!"

백고천이 아까와는 전혀 다르게 목소리를 높여 카리스마를 보였다. 교주의 명에 신도들이 거의 동시에 욕설과 괴성을 뚝 하고 끊었다.

이에 백고천은 슥, 하고 주변을 둘러보았다. 그러곤 손바닥을 들어 쓰러진 백의인들을 가리켰다.

"백왕의 숭고한 신도들이여! 이 기적을 보아라!"

"뭐……!"

지우가 불신과 경악으로 가득한 눈으로 백고천의 손을 쫓았다. 고사리같이 얇고 긴 손. 그 손바닥에서 그의 백발과 같이 눈부신 백색의 휘광이 뿜어져 나오고 있었다.

"오오오……!"

그러자 여기저기서 감탄이 흘러나온다.

다시 감정이 격앙되고, 방금 전까지 악귀처럼 분노하며 지우를 찢어죽이겠다는 사람들이 눈물을 흘렸다.

몸을 일으켰던 이들도 얼른 바닥에 무릎을 꿇고 이마를 바닥에 쿵쿵 박았다.

방금 전까지 지우와 같이 믿지 않던 일반인들도 멍하니 그 광경을 쳐다보았다.

빛은 성스러웠다.

단지 시각적인 의미가 아니었다.

물론 눈으로 보기에도 어딘가 모르게 이 세상의 것이 아니라 보였지만, 인간의 오감. 아니 육감까지 써서 무언가가 다르다는 것이 느껴졌다.

지우 역시 마찬가지였다.

이 빛은 단순히 형광등에서 흘러나오는 빛이 아니었다.

보면 마음이 씻겨나가고, 정신이 맑아지는 느낌.

그리고 자기도 모르게 입이 벌어지는 정체불명의 기운.

"힐링!"

백고천이 마법 주문을 외우듯이 소리쳤다.

그러자 그 기운을 담은 광채는 쓰러진 백의인들을 감싸안았다. 그리고 얼마 지나지 않아 기절했던 그들은 숨을 크게 내쉬면서 자리에서 벌떡 일어났다.

"오오?"

"교주님이 우리를 죽음에서 구해 주셨다!"

"위대하신 교주님이시여!"

백의인들이 진심으로 감동을 먹은 듯, 울먹이는 목소리로 소리쳤다. 그러곤 곧바로 머리를 바닥에 박고 백고천을 향해 절을 했다.

"……씨발."

지우가 무의식적으로 욕설을 내뱉었다.

"앱스토어의 고객……."

그는 자신의 어리석은 행동을 후회하고 욕했다.

자신이야말로 바보에 병신이었다.

너무 앞서 나가서 판단을 해 버렸다. 마음을 급히 썼다.

백고천은 단순한 사기꾼이 아니었다. 아니, 도리어 사기꾼이었으면 하는 마음이 강했다. 눈앞에서 벌여진 현실이 어떤 의미인지 똑똑히 알았기 때문이었다.

백왕교라는 사이비 종교의 교주는 자신과 같이 수수께끼의 상품을 파는 기적의 앱스토어의 고객이었다.

문제는 어떤 상품을 산건지 모르는 미지수의 인물이었다. 어쩌면 지우가 생각하는 것보다 상상을 뛰어넘는 힘을 지니고 있을지 모른다.

'도망치자. 여기서 당장 벗어나야 해.'

식은땀이 등줄기를 타고 주르륵 흘렀다. 지우는 천 명에 가까운 광신도보다 백고천이 더 두려웠다.

선한 미소를 보고 싶지 않다.

차갑게 가라앉은 눈동자와 마주치고 싶지 않았다.

대화를 이어가고 싶지 않다.

당장 이곳에서 벗어나야만 했다.

아주 짧은 순간, 최대로 우선해야 할 판단을 내린 지우는 거침없었다. 그는 곧바로 몸을 돌려서 신도들 사이로 몸을 날렸다.

"당장 잡아!"

뒤에서 백고천이 일갈을 터뜨렸다.

그 외침은 무협지에서 봤을 법한 사자후와도 같아서, 대 강당 곳곳으로 목소리가 울려 퍼졌다.

지우는 식겁하면서 앞에 있는 사람들을 밀쳤다.

"내 앞에서 꺼져!"

양손을 쭉 뻗어 신도들과 접촉한다.

"아아악!"

아무리 광신도라고 하지만, 물리적인 힘에 의해선 꼼작 도 하지 못했다. 지우를 잡으려다가 눈을 뒤집으며 뒤로 벌 러덩 넘어졌다.

'짱구를 굴려보자. 교주 놈은 무슨 힘을 지니고 있을지 모르니 인질로 삼을 수 없어. 그렇다고 이 많은 신도들도 돌파할 수 없다.'

신도를 상대할 수 없는 걸 깨닫자, 시야가 사람들을 철저 히 배제한다. 그리고 머리를 굴려서 탈출 방법을 끊임없이 생각해서 결론을 냈다.

그의 눈은 한쪽 구석으로 향하고 있었다.

'저쪽이다!'

목숨을 위협받을지 모른다는 본능 때문일까, 지우는 어느 때보다 더 냉철한 판단을 내렸다.

그의 손속에는 사정이 없었다. 앞에 막는 신도들이 있으면 주저하지 않고 일렉트로를 이용하여 기절시켰다.

덕분에 주변에서는 비명으로 난무했다. 군중은 죄다 혼란에 빠져 어찌할 줄을 몰랐다.

"잡아!"

"사탄이다! 놈은 사탄이 틀림없다!"

"악마의 힘을 쓰고 있어!"

몇몇 신도들은 지우가 손을 닿자마자 같은 신도가 죄다 눈을 까뒤집거나 비명을 흘리며 쓰러지자, 그를 악마로 취급했다.

허나 그렇다고 딱히 그들이 지우를 두려워하지는 않았다. 공포의 근간은 대부분이 미지(未知)로부터 시작한다곤 하나, 이미 백왕교의 광신도들은 상식적인 면을 뛰어넘는 것을 백고천을 통해 두 눈으로 목격했다.

즉, 이제 와서 사탄의 힘으로 의심할 만한 비상식적인 힘이 등장해봤자 딱히 큰 문제가 되지 않는다.

게다가 그들은 광신도다. 괜히 앞에 미칠 광이 붙은 것이 아니다. 정신적으로 무언가가 잘못 되었기에, 일반인과는 다른 모습을 보였다.

"으아아! 허공답보!"

지우가 몸을 날려 광신도들의 머리와 어깨를 마구 밟으며 통통 뛰어다녔다.

"악!"

"네, 네 이놈!"

아래에서 광신도들이 비명과 욕설을 내뱉는 것이 들려졌다. 그렇지만 신경 쓸 틈은 없다.

툭 까놓고 말하자면 여기에서 자신과 관련된 사람은 없다. 그다지 신경 쓸 필요는 없었다.

그는 무협지에서 나오는 절대 고수처럼 사람들의 머리를 지반으로 삼아 뛰어, 목표지로 몸을 날렸다.

지우가 머리 위에서 내려와 지면을 밟은 곳은 콘센트가 붙어 있는 벽이었다.

'분명히 일렉트로에는 전기에 대한 내성이 있었어. 하지만 그게 어느 정도인지는 알 수 없지. 고압 볼트를 버텨낼지 알 수 없어.'

침을 꿀떡 삼키며, 잠시 주저했다.

하지만 뒤에서 광신도들이 괴성을 내지르는 소리를 듣자마자 몸은 무의식적으로 움직였다.

확실히 지우 본인도 두려웠던 모양. 그는 에라 모르겠다, 하는 심정으로 콘센트에 손을 닿고 전력을 다했다.

"으아아아아아아?!"

쿵.

대강당에 암흑이 찾아왔다.

*　　　*　　　*

"놓쳤나요?"

백고천은 미간을 찡그리며 눈앞에 좌불안석 어찌할 줄 모르는 신도들을 보고 물었다.

그는 백 개의 계단 위, 의자에 앉아 있었는데 꼭 왕좌(王座)라도 된 마냥 외관이 굉장히 화려했다.

"교주님, 죄송하옵니다! 부디, 부디 저희를 버리지 마십시오!"

백고천이 아래를 굽어보고 있는 신도들은 백왕교 내부에서도 누구보다 믿고 따르는 심각한 광신도였다. 그들은 아까 무대 위에서 그를 보필하고 있던 얼굴을 가린 백의인들이었다.

"흐응……."

백고천은 딱히 화를 내지 않고 평소의 선한 미소를 보여 주었다. 그렇지만 그의 앞에 부복한 백의인들은 그 미소에서 분노를 느끼곤 몸을 부르르 떨었다.

"괜찮다. 그렇게 무서워하지 말거라. 딱히 너희에게 뭐라 할 생각은 없다. 놈은 규격 외의 존재였으니까."

백고천이 손을 휘저으며 신경 쓰지 말라는 제스처를 취했다. 그럼에도 백의인들의 떨림은 멈추지 않았다.

백왕교라는 종교는 설립된 지 아직 삼 년밖에 되지 않은 신흥 종교다. 규모가 제법 큰 편이었으나, 백고천이 교주로 오르고 활동한지는 별로 되지 않았다.

한 인간을 보필해도, 삼 년이란 시간은 짧은 편이다.

그럼에도 불과하고 백의인들은 백고천이 어떤 인간인지 아주 잘 알고 있었다. 그는 겉으로는 선한 미소가 어울리는 삼십 대 초반의 잘생긴 미남이지만, 속으론 확연히 알 수 있을 정도로 악마 같은 사람이다.

"그러나 다른 건 용서할 수 없습니다. 당신들이 조금이라도 늦었다면, 난 놈에게 당했을 거요."

백고천의 눈매가 매처럼 날카로워졌다. 그의 동공은 마치 파충류의 그것처럼 세로로 갈라져서 섬뜩하게 빛나고 있었다.

"당신하고 당신. 나설 때 발걸음에서 두려움이 느껴졌습니다. 날 좀 더 빠르게 지켰어야죠. 아무래도 믿음이 부족한 모양이군요."

백고천이 백의인 중 둘을 가리켰다.

"죄, 죄송합니다!"

"부디 자비를……!"

지목된 두 명의 백의인이 공포로 잔뜩 질린 목소리를 내며 사죄했다.

허나 백고천의 표정에는 변화가 없었다. 섬뜩한 눈빛을 빛내고, 입가에 진한 미소를 번진 채로 손을 휘젓는다.

"그렇게 자비를 원한다면, 몸에 불을 붙여서 믿음의 증거를 보이십시오."

"예……?"

두 명이 각자 자신의 귀를 의심했다.

"제가 치유의 힘을 지니고 있는 것은 잘 알고 있지 않습니까? 그러니 저를 믿고 몸에 불을 붙이십시오. 설마 고통이 두려워서 제 믿음을 배신하겠다는 것입니까?"

그는 별다른 표정 변화 없이 멀쩡한 얼굴로 얼토당토않은 요구를 하였다.

백의인들은 여전히 하얀 천으로 얼굴을 가리고 있어 표정을 볼 수 없었으나, 그 안에는 필시 딱딱하게 굳었을 것이다.

두 사람이 침묵을 하자, 백고천의 표정이 차갑게 굳었다. 그는 양옆으로 쭉 나열한 백의인들에게 말을 걸었다.

"아무래도 죄인 두 명은 믿음이 부족한 모양입니다. 혹시 절 대신하여 처벌을 할 신도가 있습니까?"

백고천의 말이 끝나자마자 두 사람이 황급히 나섰다.

"아, 아, 아닙니다! 불을 붙이겠습니다!"

"제발 저희 믿음을 신뢰해 주십시오!"

그러자 백고천의 표정이 다시 원래대로 돌아왔다.

그는 선한 미소를 유지한 채로 다른 백의인들에게 턱 짓으로 무언가의 제스처를 취했다. 그러자 양옆 서 있던 백의인 중 한 명씩 나와서 휘발유 통과 라이터를 둘에게 건넸다.

또한 불이 번질 위협을 방지하기 위해서 근처에 있는 백의인들은 각자 소화기를 쥐고 있었다.

백고천은 흥미 깊은 눈으로 둘을 아래로 굽어보며 손을

건넸다.

"자아, 어서 그 믿음을 보여주십시오."

"으흐흑……."

가린 천 아래로 눈물이 뚝뚝 떨어졌다.

아무리 광신도라고는 하나, 앞으로 느낄 고통을 생각하니 겁을 덜컥 먹을 수밖에 없었다.

그러나 눈앞의 남자는 절대적인 존재다. 설사 부모를 죽이라는 패륜적인 행위를 요구해도, 이에 따라야했다.

지금의 일도 앞으로 겪을 고통에 공포를 느꼈을 뿐, 백왕교의 교주가 신이나 다름없는 능력을 지니고 있다는 걸 의심하진 않았다.

하지만 여기에서 물러설 수는 없었다.

교주는 무서운 사람이다.

자신을 믿는 신도에겐 자비롭지만, 그렇지 않는 이들에게는 가차 없다. 실제로 몇몇 신도가 그를 의심했다가 소리 소문 없이 영원한 고통을 받다가 사탄에게 지옥으로 끌려다는 건 유명한 일화다.

"백왕교 만세! 교주님 만세!"

"백왕님 아래 축복 있으리!"

그들은 휘발유 통을 각자 자신의 머리 위로 뿌렸다.

그러곤 단 한 순간도 지체하지 않고, 곧바로 라이터를 켜서 자신의 몸에 불을 붙였다.

화르르륵!

주변을 뒤덮을 만한 뜨거운 열기가 뿜어져왔다. 피부가 살짝 닿아도 크게 화상을 입을 정도로의 화력이었다.

"끄아아아아아!"

지옥 밑바닥부터 들려오는 듯한, 절규에 가까운 비명이 두 백의인에게서 흘러나왔다.

불에 휩싸인 둘은 입을 쩍 벌리고, 괴로운 듯 몸을 마구잡이로 뒤틀리며 괴로워했다.

백고천은 그 모습을 무심한 눈길로 쳐다보다가, 웃음을 터뜨렸다.

"하하하! 확실히 저에 대한 믿음이 확실하군요! 좋습니다. 당신을 믿어드리고, 명예를 지켜드리도록 하지요!"

그는 손뼉까지 치며 좋아했다. 그러곤 왕좌처럼 생긴 자리에서 앉아서 몸을 돌렸다.

"끄아아아! 아아아아아악!"

등 뒤로 두 백의인의 처절한 비명이 흘러나온다.

그렇지만 백고천은 그들을 전혀 신경 쓰지 않았고, 원래 했던 약속처럼 불에 고통 받는 그들을 치료해 줄 생각도 없어 보였다.

"불이 전체로 퍼지지 않도록 시간이 지나면 소화기로 꺼두도록 하세요. 참고로 둘은 예전부터 백왕교를 의심하던 사탄의 앞잡이였습니다. 그러니 굳이 구해 줄 필요도 없습니다."

"예."

흰 천 때문에 여전히 그들의 얼굴은 읽을 수 없었지만, 목도리가 미세하게 떨리는 걸 보면 두려워하는 것을 확연히 느낄 수 있었다.

백의 신도들을 뒤로한 채, 그는 웃는 얼굴을 지워내고 깊은 생각에 빠졌다.

'간부들 중에서 불신자의 처리는 끝났어. 그러나 정말로 큰 문제는 정지우라는 인간인데…….'

백고천은 몇 시간 전의 있었던 일을 회상했다.

신도의 규모를 늘리기 위해서 정기적으로 집회를 열었던 날, 오늘도 별다른 것 없이 새로운 사람들이 찾아왔다.

그리고 자신의 재산과 권력욕. 성욕까지 해결해 줄 이들을 포섭하기 위해서 작은 기적을 보여주었다.

그 뒤로는 딱 봐도 처음 와본 사람이 자신의 말에 반발했다. 여기까지는 딱히 문제가 없었다.

가끔씩 반항심이 크고, 눈치가 없어서 신도들이 많은 장소에서도 만용을 부린 이들이 등장했다.

하지만 그 이후부터가 문제였다.

딱히 잘생기지도 못생기지도 않은 청년이 다음부터 벌인 일은 백고천 자신을 너무나도 놀라게 했다.

어떤 수법을 사용한지는 모르나, 그의 손에 닿자마자 신도들이 눈을 까뒤집으며 기절했다.

혹여나 스턴 건이라도 쓴 건 아닐까 싶었지만 아니었다. 남자는 어떠한 도구도 들지 않았을 뿐더러, 애초에 대강당에 출입할 때 안전 문제로 보안 요원들에게 위험이 되는 것은 빼앗긴다.

즉, 그렇다는 건 상식 면으로 결코 일어날 수 없는 정체불명의 힘을 소유하고 있다는 뜻이었다.

'정지우라고 했나?'

그 청년은 자신을 앱스토어의 또 다른 고객이라는 것을 눈치채자마자 안색이 변하며 곧장 도망쳤다.

천 명에 가까운 신도들에게 그를 붙잡으라고 명령했지만, 그는 머리 좋게도 콘센트에 무언가의 행위를 해서 대강당의 빛을 모조리 끄고 어둠으로 물들게 했다.

아쉽게도 대강당은 외부에서 볼 수 없게 창문을 모조리

막아 놓고 블라인드까지 쳐두어서 빛이라곤 조명에만 의지
하고 있었다.

'콘센트에 무언가 했다면, 아무래도 전력을 다루는 상품
을 지니고 있겠지. 타입은 도구가 아니라 내가 지닌 힐링처
럼 초능력 부류인가.'

백고천의 추리는 예리했다. 그는 길게 생각하지 않고 지
우의 행동만으로 추측하여 정답을 내놓았다.

이후, 대강당은 그대로 혼란에 빠졌다.

사람들이 욕설을 하고 비명을 내지르며 뒤엉켰다.

그 상황에서 지우를 찾는 건 거의 무리였다.

또한 백고천은 그때 처음으로 목숨의 위협을 느껴서, 백
의 신도로 몸을 둘러싸고 비밀 탈출구를 통해 도망쳤다.

당연한 이야기지만 그 이후로 정지우는 발견하지 못했
고, 신도들을 모아서 누가 데려왔냐고 물었다.

그러자 김조영이라는 남자가 나타나서 사죄하면서 머리
를 숙였고, 용서해 주는 대신에 인적 사항을 정보로 요구하
여 들었다.

"쯧. 종교를 이용하면 재물과 사람은 금방 모을 수 있지
만, 역시 다른 고객에게 들킬 위험이 많단 말이야. 슬슬 그
만둘 때가 됐나."

백고천이 가볍게 혀를 찼다.

교주 본인도 백왕교가 사이비 종교라는 것을 알고 있다.

종교의 이름이나 신부터 시작하여 교리까지, 백고천이 앱스토어에서 얻은 상품의 힘을 응용하기 위한 가짜에 불과했다. 백왕교라는 이름 자체도 자신의 성을 따서 대충 만든 것에 불과했다.

'그런데……너무 놀라는 눈치였어. 혹시 놈은 나와 같은……?'

*　　　*　　　*

지리산(智異山)

높이 1916.77m. 신라 5악의 남악으로 '어리석은 사람이 머물면 지혜로운 사람으로 달라진다' 하여 지리산이라 불렀고, 또 '멀리 백두대간이 흘러왔다' 하여 두류산(頭流山)이라고도 하며, 옛 삼신산의 하나인 방장산(方丈山)으로도 알려져 있다.

남한 내륙의 최고봉인 천왕봉을 주봉으로 하는 지리산은 서쪽 끝의 노고단, 서쪽 중앙의 반야봉 등 3봉을 중심으로 하여 동서로 100여 리의 거대한 산악 군을 형성한다.

예로부터 등산객들이 많이 들리는 필수 코스이기도 하고, 오래된 역사의 문화 유적지도 나름 많아서 방송 매체에서도 자주 소개되곤 했다.

정지우 역시 지리산을 한 번쯤은 가족들과 가는 건 어떨까 하고, 예전부터 꿈꾸던 장소 중 하나이기도 했다. 물론 그건 어디까지나 과거다. 지금은 전혀 그러지 않다.

전신전력을 다해서 백왕교 일대를 벗어난 지우는, 숨을 헐떡이면서 등산객 코스 중 하나에 앉아 땀을 뻘뻘 흘렸다.

"빌어먹을! 빌어먹을! 그놈이 내 얼굴을 봤어!"

처음에 백왕교를 나와서 길을 잃었을 때는 어쩌나 싶었다. 하지만 다행히 스마트폰을 지니고 있어서, GPS를 통해 지리산인 걸 알고 지도를 검색해서 등산객이 다니는 길에 도착해 직접적인 위험은 피했다.

하지만 그 위험은 발등에 떨어진 불꽃일 뿐, 아직까지 위험은 사라지지 않았다.

'게다가 나에 대해 아는 김조영 그 새끼도 남아 있을 테고. 딱 보니 광신도이니 교주에게 가서 말했을 것이 분명해.'

뿌득뿌득. 자신을 이 꼴로 만든 김조영을 생각하니 이가 절로 갈렸다. 이마에도 퍼런 핏줄이 툭 튀어나왔다.

그는 계속해서 허억, 허억 하고 거친 숨을 원래대로 되돌리면서 일단 침착하게 상황을 파악했다.

'언젠가 만날지는 몰랐지만, 설마 앱스토어의 또 다른 고객을 최악의 상황에서 만날 줄은 몰랐다.'

백고천을 처음 봤을 때부터 느꼈다.

놈은 적어도 좋은 놈은 아니다. 결코 같이 손을 잡을 만한 양반이 아니었다. 어떤 근거도 없이 나오는 불안감 때문이긴 하지만, 본능이 놈과 결코 상관하지 말라고 경고를 울리고 있었다.

'느낌이 좋지 않아. 아마 놈은 백왕교를 이용해서 이곳 지리산 일대, 아니 대한민국 전체를 뒤져서라도 날 찾아 처리할 거야. 위험 요소를 지우고 싶을 테니까.'

지우 입장에서 백고천이 정체불명의 위험 요소인 것처럼, 백고천의 입장에서도 정지우라는 인간 역시 미지의 위험 요소다.

상식적으로 생각해서 동료가 될 것 같지 않은 사람이라면, 당연히 처리해 두는 것이 좋다.

'일반인이라면 협박해서 입을 막겠지. 그렇지만 앱스토어의 고객이라면 죽이는 것이 편해. 놈은 날 죽일까?'

대한민국은 엄연히 법치국가다. 살인이 일어나면 당연히

중범죄로 치며 자세한 조사를 한다.

게다가 치안도 높다 보니, 살인율 자체가 낮다.

그래서인지 살인 같은 중범죄가 일어나면 대부분 흥미를 갖고, 경찰 입장에선 큰 사건을 해결해 진급을 위해서라도 죽을 듯이 달려든다.

즉, 살인은 어떠한 일이 있어도 부담스러운 편이었다.

'아니, 날 죽인다. 놈은 사이비 종교의 교주까지 한 몸이야. 이미 선을 넘었어.'

사이비 교주의 직책 자체가 정신이 나갔다.

일단 그 많은 사람들 모여 두고 선동하는 말솜씨하며 정신은 평범한 사람으로는 부담이 간다.

또한 보아하니 단순히 상징적인 교주가 아니라, 백왕교 자체를 쉽게 주무르듯이 한 지배자다. 이 정도까지 해 왔으면 분명 방해자를 죽일 것이다.

'나 역시 그랬을 거야. 앱스토어의 고객이라는 건 그만큼 그 힘을 아주 잘 알고 있어. 자신이 아닌 타인이 똑같은 힘을 지니고 있으면 죽이는 것이 가장 편안한 방법이지.'

도덕적인 관념에서는 걸리지만, 어쩔 수 없는 일이다.

살인은 어떤 경우에도 정당화 할 수 없다는 것은 지우 자신도 알고 있었다. 아무리 그가 돈에 미치고 가난하다고는 해도 돈 때문에 누굴 죽이거나 하지는 않는다.

살인은 결코 용서받을 수 없는 행위.

그런 관념이 틀어박혀 있는 지우였지만, 그 역시 지금 백고천을 죽여야 하나 진지하게 고민하고 있었다.

'폭력으로 어찌할 수 없어. 비상식적인 힘으로 겁을 먹이는 건 통하지 않아. 도리어 앙심을 품고 나중에 돈을 투자하여 더한 힘을 얻어 복수해 온다면? 살 수 있다는 장담을 하지 못한다.'

앱스토어의 상품 목록을 보면 알 수 있다.

예를 들어 강력한 상품이 있다고 치자. 상대가 그걸 지니고 있어 결코 이길 수 없다. 그렇다면 어쩌야 할까?

보통이라면 노력하거나 다른 수법을 찾는다. 그러나 앱스토어에는 그런 법칙이 필요 없다.

더 비싼 상품을 주문하여 그걸 익히고 자신의 것으로 만들어 이용하면 된다. 아주 간단명료한 해결법이다.

딱히 머리를 쓸 필요도 없다. 앱스토어의 고객이라면 누구든지 생각할 수 있다. 머리 나쁜 지우도 생각했는데, 다른 고객이라고 생각하지 않을 수가 없다.

"나 역시……교주 놈을 처리해야 돼. 도망쳐선 안 돼."

지우가 침을 꿀떡 삼키며 결의를 세웠다.

문제의 앱을 열고, 주로 몸을 지키기 위하는데 쓸 만한 초능력 부류를 살폈다. 저번의 경험으로 마법서나 무공 비급은 시간을 들여야 하니 일단 초능력만 보기로 했다.

지금은 한가하게 무언가를 익히고 있을 시간이 아니었으니까.

'시간을 끌어서는 안 돼. 놈이 나에 대해 조사를 할 거야. 게다가 김조영이 내 가족 사항에 대해 알아. 날 잡으려고 혈안이 된 교주는 가족까지 추적하고 인질로 삼을지도 모르겠지.'

여러 상황을 가정하자 최악의 경우도 나왔다. 게다가 자신이 위험에서 벗어날 방법을 필사적으로 생각하고 있는 동안 교주 역시 비슷한 생각을 하고 있을 것이 분명했다.

앱스토어의 고객으로서는 살인을 해서라도 강자인지 약자인지도 모를 위험 요소를 지우는 것이 속에 편하다.

게다가 백고천은 자신을 따르는 천 명의 광신도가 있다. 그 광신도를 이용하면 누군가가 교주 대신 자수하여 들어간다는 등의 방법으로 쉽게 살인죄 정도는 덮을 수 있다.

상식적으로 생각해도 이런 편안한 방법이 있는데 다른 방법을 쓸 이유가 없었다.

가족이 관련되자 지우는 평소와는 달리 조금 흥분한 모

습을 보였다. 눈도 날카롭게 떠지고, 동공은 차갑게 불타올랐다. 땀을 흘리면서 숨을 거칠게 내뱉었다.

두근두근.

심장이 성난 소처럼 마구 날뛰었다. 가슴이 찌릿찌릿 아파온다. 백발을 휘날리며 사이비 교주가 소중한 가족을 위협할지도 모른다는 상상에 분노가 치밀어 올랐다.

하지만 그럼에도 불과하고 머리는 얼음장처럼 차갑다.

'가슴은 뜨겁게, 머리는 차갑게.'

어떠한 상황에서도 이성을 잃으면 아니 된다.

이는 지우의 몇 없는 장점 중 하나였다.

알다시피 그는 머리가 딱히 좋은 편은 아니다. 수능을 치고 대학에 들어온 이후에도 공부를 대부분 까먹었고, 아르바이트 장소에서도 주문을 잊어먹고 실수가 잦았다.

운동도 잘 하지 못한다. 학생 시절이나 군대에서 선임의 손에 이끌려 가끔 공을 차거나 하긴 했지만, 어느 정도 기본적이지 잘하진 않았다.

눈에 띄지 않는 투명인간이라 부를 정도로 평범한 남자. 재능이라곤 눈곱만큼도 없고 도리어 다른 사람들보다 조금 덜떨어진 인간.

그렇지만 타인과 다르게 감정을 잘 잃지 않고 이성을 유지하는 편이었다.

이는 딱히 재능이라거나 냉철한 인간인 것은 아니고, 원래부터 실수를 많아서 그렇다. 감정을 조절해서 실수를 줄이기 위해 노력하다 보니 생긴 경험의 산물이었다.

덕분에 백왕교의 대강당에 있을 때, 주변 상황에 혼란이 일어나고 도저히 제정신을 차릴 상황이 아니었는데도 이성의 끈을 유지할 수 있었다.

'그러니까 도망치면 안 돼. 집으로 돌아가지는 않는다. 최대한 빨리 지금 상황을 정리하고, 문제의 중심인 교주 백고천을 잡아서 무력화해야 한다.'

일반 종교는 딱히 지도자가 없어도 돌아간다.

그렇지만 사이비 종교는 아니다. 교리를 전파하는 중심인물이 없으면 돌아갈 수가 없다.

지우는 이를 이용하기로 했다. 천 명의 광신도는 부담스러웠지만 교주만 제압하고 인질로 삼으면 문제가 되지 않는다.

'그렇지만 문제가 있어. 어떤 수법으로 광신도 틈을 지나서 백고천을 인질로 삼지?'

제7장

형님 나가신다!

　바쁜 현대를 살아가는 사람이라면 남녀노소 한 번쯤은 생각해 보는 초능력이 있다.

　텔레포트(Teleport)라 불리며, 인간이 행할 수 없는 미지수의 힘을 통해서 물체를 전혀 움직이지 않고 다른 장소로 이동시키는 것을 말한다.

　그 외에도 SF에 자주 등장하는 워프(Warp) 등 공간을 왜곡시켜 짧은 시간 안에 먼 거리를 이동하는 기술로 묘사되기도 하여, 실제로 연구 기관의 과학자들이 워프 같은 초광속 이동을 연구하고 있다.

지우 역시 앱스토어를 만나기 전, 예로부터 이런 초능력을 지니고 있었으면 좋겠다는 상상을 자주한 적이 있었다. 주로 학교의 등하교 때문이었다.

'아침에 일어났을 때 학교에 등교해야하는 그 귀찮음은 말로 형용하기 힘들지. 졸업한 이후, 아르바이트 출근 때도 마찬가지였고.'

괜히 나태(懶怠)가 칠대죄악에 속하는 것이 아니다.

그는 항상 어디를 나갈 때마다 좀 더 자고 등교나 출근했으면 했었다. 그건 지우뿐만 아니라 다른 사람들도 다르지 않다. 현대인이라면 누구나 그걸 생각했을 것이다.

특히 아르바이트를 끝내고, 피곤에 지쳤을 때는 정말이지 집에 언제 가야하나 한숨을 토해 낼 정도였다.

그리고 그는 웃기게도 생각지도 못한 기회에 어린 시절 때부터 꿈꿔왔던 초능력을 몸으로 느끼고 있었다.

"우욱!"

평형기관을 맡는 반고리관에 문제가 생겼는지, 제대로 서 있을 수가 없다. 눈앞에 있던 풍경이 확 바뀌자, 정신을 제대로 차리지 못했다.

내장 깊숙한 곳에서 올라오는 구토감을 가까스로 참아 내며 지우는 침을 꿀떡 삼키고 머리를 진정시켰다.

'익숙해지려면 조금 걸리겠군.'

퉤, 하고 침을 뱉은 그는 주변을 슥 둘러보았다.

몇 시간 전에 들렸을 때는 아직 해가 떠 있어서 밝았지만 지금은 아니었다. 세상을 밝히던 해는 사라지고, 시커먼 어두운 장막이 시야를 가렸다.

저녁을 넘어 밤 시간이 되자 아까까지만 해도 많았던 등산객들의 발걸음도 사라졌다. 주변은 완전히 침묵으로 가라앉아, 간간히 귀뚜라미 울음소리만 들릴 뿐이었다.

그래도 빛이 아예 없는 건 아니었다.

지우의 시선 앞으로는 불빛이 흘러나오는 창문이 달린 건물이 보였다. 불과 몇 시간 전에 도망쳐왔던 장소, 백왕교의 본부였다.

'정신력을 제법 소비했지만 아직 쓰러질 정도는 아니야. 이제부터 아주 조심히 해야 해. 신도들을 피해서, 교주를 만나야만 한다.'

지우는 침을 꿀꺽 삼키며 몇 시간 전에 있었던 일을 회상했다.

그는 곧바로 백왕교에 몰래 잠입할 작전을 세웠다. 그러나 어떻게 들어가야만 할지 고민했고, 결국 어떤 일이라도 만능으로 해결해 주는 앱스토어의 힘을 빌리기로 했다.

지우는 얼마 전에 로드 카페의 건설 때문에 자금을 대부분 소비했는데, 다행히도 약 오천여 만 원 정도는 남아 있었다. 그 돈으로 상품을 둘러본 결과 한 가지를 선택했는데, 그건 바로 정신력을 소비하는 대가 등 몇 가지 제한이 걸려 있는 공간이동 상품이었다.

　텔레포트(Teleport)

　-구분(區分) : 초능력(超能力)

　-상품을 구입해 주셔서 감사합니다.

　-「텔레포트」는 일정한 정신력의 소비를 대가로 먼 거리를 움직이지 않고 공간이동이 가능케 하는 상품입니다.

　-눈에 보이는 장소를 반경 50미터 내외로 움직일 수 있습니다. 다만 재사용 시에는 일 분가량을 기다려야하는 단점이 있습니다.

　-사용 방법은 간단합니다. 이동하실 장소를 생각하시고, 의지를 발현하면 능력이 발현됩니다. 다만 거리 제한을 잘못 계산 시에는 이물질에 끼는 경우도 생기니 조심하시기 바랍니다.

　-본 상품은 중복된 상품을 구입할 수 있습니다. 단, 타인에게 양도가 불가능하며 구입 시에 기존의 능력이 진화하는

강화형 상품입니다. 강화 시에 능력 제한이 해제되며 부가적인 능력도 추가되니 참조 바랍니다.

　－가격 : 50,000,000

'게다가 앱스토어에 대해 새로운 정보도 얻었고.'

이번에 알게 된 것이 하나 있었다.

앱스토어의 운송 관련은 기본적으로 장소를 가리지 않는다. 운송 기사가 누구인지 알 수 없고, 그 방법도 알 방법이 없지만 고객이 위치한 장소에 가져다준다.

또 한 가지 새로운 기능도 있었다.

　－상황에 따라 긴급운송을 받고 싶으시다면, 일정량의 금액을 지불하여 곧장 받을 수 있습니다.

'앱스토어는 돈 지랄이 참으로 대단하구나. 긴급운송 한번에 백만 원이 빠져나가다니.'

긴급운송으로 결제를 한 순간, 바람이 슥 불더니 눈앞에 익숙한 상자가 놓여 있었다. 그때는 얼마나 놀랐는지 모른다. 그렇지만 한시라도 빨리 백왕교에 몰래 침입해야하는 상황이었는지라, 별수 없었다.

'하지만 백만 원 어치 가치는 있었으니 뭐…….'

지우는 빛이 흘러들어오는 창문을 보면서 눈을 다시 감았다. 텔레포트를 재차 쓰기 위해서였다.

아직 이 능력에 익숙하지 않기 때문에, 집중할 필요성이 있었다.

'일 분이 지났으니, 재사용이 가능하다. 시간이 좀 걸리고 급할 때 쓸 수는 없지만 별수 없는 일이지!'

그리고 다시 시야가 뒤집혔다.

*   *   *

한편, 백왕교는 난리도 아니었다.

여태껏 경찰 하나 들이닥치지 않았던 철옹성을 자랑하던 백왕교. 헌데 그 안에서 불순분자 한 명이 갑작스레 튀어나와 헤집고 사라졌다.

게다가 하늘같이 모시는 교주가 습격을 받기도 하였으니, 보안 상태도 높아져서 비상이나 다름없었다.

게다가 교주가 당분간은 어떤 사소한 것이라도 놓치지 않고 경계하라는 특명까지 내려서, 백왕교 내부의 분위기는 험악한 편에 속했다.

두 사람씩 순찰하던 인원도 네 명으로 증설됐고, 각자 방망이나 스턴 건 등 흉기도 손에 쥐었다.

평범한 사람 입장에선 뭘 그렇게까지 하냐고 물었겠지만, 아쉽게도 명령을 받은 이들은 광신도다.

백고천이 위험하다고 말한다면 정말 위험한 것. 그들은 두 눈에 불을 켜고 엄중한 분위기에 임하여 정찰했다.

잠이 들 시간인데도 불과하고 건물 내부는 한낮이라도 된 마냥 밝았고, 방문도 주요 시설이 아니라면 활짝 열려 있었다.

그리고 열려 있는 방 중 하나.

그 안에는 세 사람이 있었는데, 두 사람은 수건으로 입이 봉해진 채로 무릎을 꿇고 있었고 그 앞에는 대한민국의 평범한 이십 대 청년이 둘을 내려다보고 있었다.

"백고천 어디 있어?"

"읍! 으으읍! 우우우웁!"

지우의 물음에 광신도 둘이 두 눈을 부릅뜨며 마구 소리를 내질렀다. 그렇지만 입이 막혀 있어 그 소리는 제대로 나오지 못했다.

재갈을 풀려고 어떻게든 하려 했지만, 양팔과 양다리 역시 천으로 봉해져 있어 어찌할 수 없었다.

이에 지우는 한숨을 깊게 내쉬었다.

'교주에 대한 충성이 거의 세뇌 수준이구나. 아마 절대 불지 않겠지?'

텔레포트를 이용하여 백왕교 내부로 들어온 그는 운 나쁘게도 순찰 중인 광신도 앞에 모습을 나타냈다.

광신도들은 또 사탄의 습격이라며 소리를 지르려 했고, 지우는 급하게 일렉트로를 이용하여 재빨리 제압한 뒤에 소리를 지르지 않도록 그들을 봉쇄하였다.

지우는 이왕 이렇게 된 것, 차라리 이 둘에게 협박하여 백고천의 위치를 물어보려했다. 하지만 광신도들은 괜히 광신도라는 걸 증명하듯, 일렉트로로 고문을 가해도 결코 입을 열려고 하지 않았다.

'다른 놈들도 비슷하겠지.'

사이비 종교에서 평범한 신도를 찾기란 하늘에 별 따기보다 힘들다. 제정신 박힌 사람들이 있긴 하겠지만, 지금 같은 상황에서는 천운이 없는 한 찾을 수 없었다.

게다가 지금은 한가하게 그런 사람을 찾을 시간이 되지 않는다.

어쩌면 백고천은 무언가 특수한 힘으로 자신의 존재가 근처에 있다는 걸 알고 있을지도 모른다.

만약 그렇다면 진작에 도망가거나 다른 함정을 준비했겠지만, 그런 사정을 하나하나 따지자면 이곳에 올 수 없었다. 불안해도 계속 돌파할 수밖에 없다.

'별 수 없지. 하나하나 뒤져가면서 찾을 수밖에.'

다른 방법이 없다는 걸 깨달은 지우는 광신도들을 묶은 채로 내버려 둔 뒤, 문을 열고 나와 발걸음을 옮겼다.

'내가 도망치자마자 바로 경계령을 내릴 성격이라면, 분명 조심성이 많아. 그렇다면 아마 호위도 많이 뒀겠지? 그렇다면 자연스레 사람이 몰린 곳으로 가면 많을 거야. 아니면 그 백의만 입은 신도들을 찾으면 될 테고.'

간부로 보였던 백의인들. 얼굴까지 가린 그들은 보통의 신도들과 확연히 달라 보였다.

중요 인물이니 분명 교주의 근처에 있을 터, 그들을 잡으면 무언가 실마리를 찾을 수 있을 것이다.

그런 마음을 품고, 지우는 되도록 소란을 일으키지 않고 백왕교 내부를 마구 뒤졌다.

"음? 넌 뭔데 혼자 다니는 거야?"

"아. 그게……."

"교주님은 분명히 사인 일조로 다니라 하셨다! 놈, 그 사탄의 자식이구나!"

"에휴."

되도록 소란을 일으키지 않도록, 백왕교 신도인 척하고 다니려 한 적도 있었다. 하지만 광신도에게 교주의 명령은 절대적이었는지, 사인 일조가 아니라는 이유만으로 말도 듣지 않고 곧바로 달려들었다.

별 수 없이 그들을 일렉트로로 기절시키고, 방 한쪽에 가 둬뒀다.

백고천이 어떤 힘을 지니고 있는지 알 수가 없으니, 힘도 아껴야 해서 광신도와 되도록 마주치지 않으려 노력도 하였다.

"정말 답도 없……."

"살려주세요오오오!"

전형적인 클리셰가 등장했다.

수상쩍은 건물 안에 들어가고, 거기에선 뜻하지 않게 왔다가 인질로 잡힌 사람들이 꼭 존재한다.

그는 발걸음을 멈추고 목소리가 들려오는 것을 향해 시선을 돌렸다. 다른 곳과 다르게 굳게 닫힌 문이 있었고, 그 안에서는 여러 사람의 비명이 섞여서 흘러나오고 있었다.

'도와줘야 하나?'

눈앞에서 누군가 곤란에 빠지고, 충분히 구할 수 있는 힘이 있다면 그도 도와주는 편이었다.

하지만 지금은 상황적으로 시간이 촉박하다. 그에게는 더 중요한 일이 있다.

이기적이라고 한다 하여도, 생판 모르는 사람들 보다 가족의 위기가 더 중요했다.

"미안하지만 그럴 시간 없지."

그는 길게 고민하지 않고 다시 발걸음에 힘을 박찼다.

문을 향해 미안하다는 듯, 합장(合掌)하여 무운을 빈 뒤에 다시 재수색을 하려했다.

허나 그 순간. 그의 발걸음이 다시 멈추었다.

지우는 무언가 떠올린 듯 몸을 꼭두각시 인형처럼 삐걱삐걱 돌려서 문을 살폈다.

'저기 있는 사람들은 틀림없이 오늘 나처럼 어쩌다가 끌려온 이들이겠지. 광신도는 아니니 명령은 듣지 않을 거야. 그러니 저렇게 가둬뒀겠지.'

좋은 생각이 떠올랐다는 듯, 엄지와 중지를 부딪쳐 '딱!' 소리를 냈다.

'대강당에서 여기까지 오는데 제법 움직였을 거야. 그럼 적어도 나보다는 도움이 되겠지!'

자신에게 이득이 생긴다는 걸 깨닫자, 지우는 발을 철문으로 옮기곤 소리를 버럭 질렀다.

"다들 뒤로 물러나세요! 제가 도와 드리겠습니다!"

"누구지?"

지우의 목소리에 문 안쪽에서 수군거리며 당혹스러워하는 걸 깨달았다. 그들 또한 소리를 지르긴 했지만, 이 산속에서 자신들을 구해 줄 사람이 있을 거라곤 믿지 못했던 모양이다.

"절대로 문 앞에 있어선 안 됩니다! 흉기로 문을 박살 낼거예요! 준비 됐으면 말씀해 주십시오!"

지우가 주먹을 쥐락펴락했다. 그러자 빠직, 빠지직 하고시퍼런 스파크가 툭툭 튀기며 눈부신 빛을 뿜어 댔다.

몇 백 볼트의 전류가 흐르는 힘을 주먹에 싣고, 일 권을 내지를 준비를 한다.

"예! 됐습니다!"

문 안쪽에서 사람들이 괜찮다는 목소리가 들렸다.

"하압!"

오른발을 힘껏 내딛고, 가볍게 기합을 터뜨리며 주먹을 내질렀다. 겹겹이 쌓인 대기층을 그대로 찢어발기며, 전류가 담긴 주먹은 푸른빛줄기의 궤적을 그려내며 목재로 된문을 힘껏 후려쳤다.

콰아아아앙!

굉음과 함께 문이 찌그러진다. 나무 조각이 느릿느릿하게 슬로우 모션처럼 움직이며 위로 비산했다.

전력(電力)에서 흘러나온 에너지를 중심에 두자, 물리적인 파괴력을 상생하여 문을 그대로 박살낸 것이다.

방 자체가 원래부터 누군가를 가두는 것으로 설계했는지, 문의 두께는 상당했다. 헌데 그럼에도 불과하고 지우의 전력을 원점으로 한 에너지에는 버티지 못했다.

"와아악!"

"꺄아아악!"

문을 박살내자마자 놀란 사람들이 비명을 지르는 모습이 눈 안에 들어왔다. 지우는 뚱한 얼굴로 사람들에게 물었다.

"괜찮아요?"

"뒤, 뒤! 뒤를 보세……."

"흡!"

사람들이 자신의 뒤쪽을 손가락질하며 말하자마자, 지우는 거의 무의식적으로 허리를 급히 굽었다.

그러자 위쪽에서 식칼을 청색 테이프로 둘둘 맨 봉이 그의 위를 지나갔다.

'날 죽이려 들어?'

목숨을 위협받았다는 생각에 지우는 눈을 섬뜩하게 빛냈다. 그는 곧바로 왼쪽 다리를 움직여 빙판 위를 미끄러지듯이 발을 끌어서 밑 발차기를 날렸다.

"악!"

광신도 한 명이 그대로 무너졌다.

하지만 안심하기에는 일렀다. 지금까지 이곳을 돌아다닌 결과 광신도들은 하나도 빠짐없이 사인 일조로 다녔다. 즉, 아직 세 명은 남았다는 뜻이었다.

지우는 몸을 황급히 뒤로 돌려서 시야부터 확보했다.

생각대로 세 명의 광신도가 험악한 표정으로 자신을 노려보고 있었다. 그는 어떻게 처리해야 할지 이제 막 고민하려 했다.

그런데.

"이 새끼들이!"

지금까지 방 안에 박혀 있던 인질들이 분노를 터뜨리며 지우를 제치고 나아가 광신도들에게 덤벼들었다.

방 안에는 사람들이 제법 갇혀 있었는지, 약 열 명가량의 남자들이 광신도들에게 달려들어서 그들을 제압했다.

"흐으으윽! 살았어!"

"고마워요! 고마워요!"

안에서 노심초사 기다리고 있던 몇몇 인질들이 눈물을 펑펑 쏟아 내면서 안도한 듯 감정을 폭발시켰다.

지우는 그들과 도저히 대화할 수 없는 것이라고 금방 깨닫곤, 남은 세 명의 광신도들을 제압한 사람들에게 물었다.

"혹시 교주가 어디 있으신지 알고 계십니까? 놈한테 볼 일이 있거든요."

"아, 혹시 당신은……."

대강당에서 지우가 한 번 주목받았기 때문일까, 사람들은 그를 대번에 알아보았다.

"교주 위치 알고 있으세요?"

조금이라도 시간을 아끼기 위해서 지우는 사족을 붙이지 않고 본론만을 물었다.

"아, 아뇨……."

"그럼 호위가 엄하거나, 뭐 사람들 모여 있는 곳이요. 그것도 아니라면 수상한 곳이라도 상관없어요."

"아……그거라면 아까 이쪽으로 오다가 우연히 봤어요. 확실하진 않지만 그 하얀 옷 놈들이 이 건물 위층에 모여 있었어요."

"그래요? 고맙습니다."

지우는 속으로 쾌재를 부르며 주먹을 꽉 쥐었다.

다행히 운 좋게 진입해 온 건물이 교주가 있거나 혹은 그에 준하는 중요한 것이 있는 모양이었다.

입가에 웃음이 절로 번졌다.

"그럼 무운을 빕니다."

지우가 손을 휘저으며 복도로 몸을 옮겼다.

"자, 잠깐만요! 저희 구해 주시러 오신 거 아니에요? 바깥에 그 미친놈들이 깔렸어요! 저희를 좀 도와주시……."

'미안하지만 전 정의의 사도 같은 건 아니라서.'

마음이 조금 걸리긴 했지만, 그렇다고 도울 수 없었다.

일단 몇 번이나 말했다시피 상황적으로 급박하고 여유가 없다. 그리고 이기적이긴 하지만, 지우 본인에게 있어서는 생판 모르는 남보다는 가족이 더 중요했다.

지우는 도와준 사람의 말대로 계단을 통해 위로 빠르게 올라갔다.

과연 확실히 누가 있는지는 모르지만 중요한 지역인 듯, 다른 장소보다 경계 근무를 서는 자들이 많았다.

지우가 나타나자마자 광신도들은 충혈된 눈으로 지우를 보고 소리를 꽥 질렀다.

"사탄이다! 사탄의 앞잡이가 왔다!"

"악마의 힘을 쓰는 놈이야! 우리의 교주님을 위협하러 왔다!"

"덤벼, 이 새끼들아!"

자신을 보고 득달같이 달려드는 광신도를 향해 지우가 소리치며 도발했다. 안 그래도 잔뜩 흥분했던 이들인지라 그의 말에 괴성을 내지르며 달려왔다.

'텔레포트!'

눈앞이 희뿌옇게 일그러지다 싶더니만 영화 화면이 휙 바뀌는 것처럼 주변 풍경이 변했다.

그는 참고로 공간이동을 하기 전, 위를 올려다보고 있었는데 그는 목적지를 오십 미터 위 계단 위로 잡았다.

팟, 하고 잔상을 남긴 그는 몇 층 위로 이동하였다.

"너, 넌 뭐냐!"

이동을 하자마자 간부로 예상되는 백의 신도가 놀란 기색을 보이며 자신을 뚫어지게 쳐다보고 있었다.

그들 주위에도 몇몇의 백의 신도가 서 있었다.

지우는 히죽, 하고 섬뜩한 웃음을 보였다.

그러곤 평소와는 다른 모습을 보였다.

턱은 올리고, 허리를 꼿꼿이 편다. 시선의 방향은 위에서 아래로 내려 보듯이. 군대의 경험을 살려 몸에 각을 맞추고 뒷짐을 쥔 채로 백의 신도를 향해 호통쳤다.

"무례하도다! 내가 바로 백왕이거늘, 어디 감히 신의 앞에서 헛소리를 지껄이느냐!"

"배, 백왕? 이런 천인공노할 놈!"

백의 신도가 몸을 부들부들 떨며 쩌렁쩌렁한 목소리를 내뱉었다.

"쯧. 뭔가 다를 것 같았는데, 역시 광신도인가."

무언가의 시도가 실패하자 그는 다시 자세를 원래대로 되돌리며 싸울 준비를 했다.

보통 사이비 종교를 보면, 그 간부들은 겉으로만 신을 찬양할 뿐 사실은 아니다. 그들은 그저 자신의 사리사욕을 채우기 위해 연기를 하는 바람 꾼일 뿐이다.

하지만 백왕교는 전혀 그러지 않은 듯했다.

아무래도 백고천 혼자 다 해 처먹으려고 그런 건지, 간부들도 사이비 종교에 해가 되지 않도록 완벽한 광신도로 만들어 놨다.

그들을 족쳐도 분명히 교주의 위치를 발설하지 않을 터. 괜한 심력을 소모를 했다고 생각한 그는 그대로 벽에 손을 접촉하고 어딘가의 전기 쥐처럼 전기를 뿜어 댔다.

"흐읍!"

파지지직!

그다지 강한 전류는 아니었는지라, 대강당 때처럼 정전으로 이어지지는 않았다. 다만 천장 위에 달린 형광등이 불꽃을 튀기면서 와장창 깨졌다.

쨍그랑하고 소음과 함께 형광등의 유리 조각이 약 다섯 명 정도 되는 백의 신도 머리 위로 떨어졌다.

"으아아악!"

"뭐, 뭐야!"

백의 신도들이 당황하면서 머리 위에 떨어진 유리 조각을 떨쳐내기 위해서 춤을 췄다. 그 광경이 제법 우스꽝스러웠다.

그리고 지우는 그 틈을 노려, 당황하는 백의 신도를 제치고 앞으로 직진했다. 복도 끝에는 한눈에 봐도 화려한 무늬가 그려진 문이 있었는데, 그걸 보자마자 촉이 왔다.

"우오오오오옷!"

온몸의 혈류가 급히 회전한다. 아드레날린이 머리로 분비되며 약간의 흥분 상태에 접어든다.

동시에 말로 설명할 수 없는 감각을 끌어올렸다. 초능력을 위한 무언가의 스위치였다.

두뇌가 빠직, 빠지직하고 연기를 낸다. 정신력을 제법 소비해서 그런지 살짝 어지러웠다. 하지만 이에 아랑곳하지 않고 모든 힘을 오른쪽 다리에 모은다.

파지지지지지지직!

대강당 때 보여주었던 전력보다 더한 전류가 모은다. 단위가 몇인지도 제대로 알 수 없다. 알 수 있는 것은 눈에 확연히 보일 정도로 푸른 스파크가 성난 소처럼 날뛰며 주변을 뒤덮었다.

복도 아래에 깔려 있던 고풍스러운 레드 카펫은 정전기가 올랐는지 털이 뾰족뾰족 가시처럼 치솟았다.

형광등이 깨져 조명이 어두워졌지만, 지우가 전력(全力)을 다해 전력(電力)을 끌어올려 빛이 복도를 가득 채웠다.

백의 신도가 급히 자신들을 지나친 지우의 뒷모습을 쫓았지만 다리에서 나오는 휘광 때문에 두 눈을 제대로 뜨기도 힘들었다.

'할 수 있다!'

문의 두께가 어떻든 상관없다. 설사 재질이 도저히 깰 수 없는 합금, 아니 다이아몬드라도 부술 자신이 있었다.

어디에서 나오는 자신감인지는 알 수 없었다. 그렇지만 감정이, 이성이, 육감이, 그걸 넘은 무언가의 영혼이 전력으로 부딪치면 충분히 박살낼 수 있다고 외친다.

곧 정면의 문과 삼십 미터, 이십 미터, 십 미터 거리를 지나 코앞까지 다가온 순간?, 지우는 힘껏 다리를 들어 올려 앞발차기를 날렸다.

"형님 나가신다!"

제8장

불우하다고
용서받을 수 없다

오늘날로부터 약 삼 년 전.

지리산 중턱 부근, 인적이 드문 장소에 건물이 세워졌다. 지금의 백왕교의 본부였다.

원래 지리산의 경우, 땅을 매매할 수는 있어도 개발은 법률적으로 금지되어 있다.

그러나 백왕교에는 우연찮게도 신도 중에서 상당한 고위 공직자도 있어서, 이를 이용해 허가를 받을 수 있었다.

물론 국민에게 알려지고 사회에 알려지면 아무리 고위 공직자가 있다 하여도 불가능하지만, 건축한 장소가 일단 사람들이 없어서 들킬 일도 별로 없을뿐더러 우연찮게 누가 발견해도 종교의 힘으로 제압하거나 하였다.

그리고 이 문제의 종교를 설립하고 괴상한 교리를 전파한 교주, 백고천도 원래부터 이상한 사람은 아니었다.

다만 조금 불행한 사람 중 하나였다.

외동아들로 자란 백고천의 가정은 일반 가정과 다르게 종교적인 성향이 짙은 집안이었다.

그렇다고 백왕교처럼 남의 행복을 박살내고, 무언가 이상한 교리를 세뇌하듯이 주입하는 사이비 종교는 아니다.

대한민국 종교가 대부분 기독교를 차지하듯, 그의 집안도 기독교에 속했다.

부모님이 절실한 기독교 신자였기 때문인지 백고천은 어릴 적부터 부모님 손에 따라 교회에 다녔다.

이때만 해도 딱히 문제는 없었다. 목사님도 좋으신 분이었고, 같이 소년부에 다니는 아이들도 마음이 고왔다. 종종 만나서 놀기도 하였다. 고등학생 때는 오래가진 않았지만, 교회에서 여자애를 만나 잠깐 사귀고 청춘을 즐기기도 하였다.

그러나 어느 날 불행이라는 것은 갑작스레 찾아왔다.

아버지가 다니던 회사가 갑작스레 도산했다. 만약 아버

지가 일반 사원이었다면 몰랐을까, 회사에서 나름 중책을 맡고 있어서 그런 건지 도산의 책임 중 일부를 부담해야 했다.

당연한 이야기지만 그 때문에 백고천의 집안은 가라앉았다. 파산 직전까지 가서 집안에는 흔히 말하는 빨간 딱지가 붙었으며 험상궂은 얼굴의 조직폭력배가 종종 찾아오긴 했다.

다행히 이때까지만 해도 부부의 사이가 나빠지지는 않았다. 그러나 조금씩 달라진 점이 있었다.

바로 종교에 대한 마음의 기댐이었다.

자고로 인간은 힘들 때마다 신을 찾는다고 했다.

본인의 힘으로 도저히 해결할 수 없는 장벽이 나타나면, 전지전능한 힘을 지닌 신에게 기도하고 부탁한다.

"아들아. 이건 신께서 내린 시련이란다. 꾹 참고 현명하게 이겨나도록 하자꾸나."

"좀 더 기도하렴. 이건 다 우리 신앙심이 부족해서 그렇단다."

아버지와 어머니는 백고천의 손을 잡고 힘든데도 불과하

고 환한 웃음을 보여주었다.

그의 입장에선 부모님이 약간 병든 것은 아닐까 싶다는 생각이 들곤 했지만 그건 아무래도 상관없었다.

설사 신에게 마음을 기댄다고 하여도, 지금 상황을 포기하지 않고 긍정적으로 살려는 모습을 보면 어느 누구라도 싫어하지 않을 것이다.

백고천도 집안 사정이 좋지 않음에도 열심히 살아왔다.

도리어 부모님을 기쁘게 해드리기 위해서 전공도 포기한 채, 공부를 열심히 하여 신학 대학에 들어갔다.

실제로 부모님은 이 사실을 듣자마자 크게 기뻐했다. 평소 종교에 대해 그다지 관심이 없어 보이는 아들이 신학 대학까지 들어가고, 목사를 목표로 두니 뿌듯하였다.

하지만 이는 곧 불행으로 찾아왔다.

신학 대학에 입학하려던 당일 날.

회사가 도산하여 직장을 잃은 뒤, 별수 없이 막노동을 찾아 성실히 일하던 아버지가 그만 현장에서 사고를 당했다.

딱히 누군가의 잘못은 아니었다. 너무 어이없게도, 정말 헛웃음이 나올 정도로 아버지가 공사 자재를 옮기다가 그만 넘어져서 운 나쁘게 머리를 다쳐서 돌아가신 것이다.

파티를 열어야 할 날이 하루아침에 지옥으로 바뀌었다.

가장을 잃은 어머니는 정신적 충격을 먹고 입을 열지 못했고, 대학에 갓 입학한 새내기가 된 백고천은 영정 사진 앞에서 절규했다.

게다가 설상가상으로 어머니가 남편을 잃어 큰 정신적인 충격을 받고 앓아누웠다. 의사에게 데려갔지만 마음의 병인지라 특별히 어찌할 수 없다는 답변을 들었다.

백고천은 곧바로 대학 진학을 포기하고 등록금을 환불하였다. 안 그래도 도산으로 인해 빚이 많았는지라, 급하게 먹고 살 돈이 필요했다.

불행이 겹쳤지만 백고천은 그래도 절망하거나 좌절하지 않았다. 그는 아버지 대신으로 사랑하고 존경스러운 어머니를 보살필 필요가 있었다.

자식으로서의 의무라기보다는 어릴 적부터 자신을 사랑해 주시고 키워주신 부모에 대한 은혜 갚기였다.

백고천은 요즘 세상에서 보기 드문 효자였다.

자신이 힘들다고 해도, 수면 시간까지 줄여가면서 열심히 아르바이트를 통해 일을 하고 돈을 벌었다. 그 이후에는 집으로 꼭 돌아가 어머니를 돌봐드렸다.

'신이시여. 부탁드립니다. 저는 상관없습니다. 그러니 부디 저희 어머니를 살려주세요.'

백고천은 꾸준히 십자가 앞에서 기도했다.

양손을 가슴에 모으고, 두 눈을 지그시 감고 신에 대한 이름을 외웠다. 교회나 성당에 나가기도 하였다.

다행히 부모님은 옛날부터 인간관계가 좋아서 그랬는지, 평소 다니던 교회에서도 이를 딱하게 여겨 생활비도 지원해 주었다. 몇 년간 알고 지내던 목사님이 걱정스러운 얼굴로 집안에 들려줄 때마다 얼마나 고마웠는지 모른다.

그렇게 하루하루를 바쁘게 지나던 나날이었다.

열심히 기도한 덕분이었는지, 아니면 단순히 우연이었는지는 모르겠으나 그에게 기적과도 같은 일이 찾아왔다.

공사장에서 아르바이트를 하는 도중, 휴식 시간에 금이 가고 해진 스마트폰을 확인하니 기억에 없는 앱이 깔려 있었다.

'기적의 앱스토어……?'

그 이후에는 정지우와 과정이 비슷했다.

말로 설명할 수 없는 매력을 느끼고, 또 빛이 보이지 않는 인생에 지쳐서 그저 장난삼아 문답에 답했을 뿐이었다.

그리고 똑같이 무료 샘플로 쓰는 상품을 받고, 그것이 진짜라는 걸 확인했다.

'신이다! 신께서 날 굽어보시고 계셨어!'

백고천은 진심으로 눈물을 흘리며 신에게 감사 인사를 올렸다. 부모님이 지금까지 해 왔던 선행, 그리고 의심하지 않고 꾸준히 기도를 올리는 모습에 신께서 기적을 내려주었다고 생각했다.

그다음 우선적으로 할 일은 당연히 어머니의 병을 회복시킬 상품을 구입하는 것이었다. 백고천은 하루라도 빨리 어머니를 병상에서 일으켜주고 싶었다.

대출을 하고 싶었지만 아버지가 도산의 영향으로 인해 신용 불량하여 아쉽게도 할 수 없었다.

그래서 고민 끝에 백고천은 사채를 끌어다 썼다. 제3금융이라 불리는 사채는 한 번 빌리면 되돌릴 수 없는 인생의 나락으로 빠지지만, 별수 없었다. 자신의 인생보다 어머니가 병상에서 일어나는 것이 중요했다.

거기에 앱스토어의 상품을 보자마자 백고천 역시 정지우처럼 돈을 쉽게 벌 수 있는 방법을 몇몇 떠올렸다. 그렇다면 아무리 사채라 하여도 갚을 수 있을 것이다.

그렇게 백고천은 희망을 갖고 다시 집안으로 돌아왔다.

어머니, 하고 부르며 그녀를 얼른 치료하려 했다.

그리고 문을 연 순간.

"어머니……?"

천장에 목을 매단 어머니가 있었다.

＊　　　＊　　　＊

"이 이야기를 듣고 어떤 생각이 드셨는지요?"

이십 대 청년을 넘어, 삼십 대에 들어선 남자가 여전히 방긋방긋 웃는 얼굴로 물었다.

방이라 치기엔 상당히 넓은 방. 약 사오십 평 정도 되지 않을 법한 공간에는 일곱 명이 대치하고 있었다.

다만 대치하고 있는 건 여섯 명과 한 명이었다.

한 명은 당연히 불청객인 지우였고, 그와 정면으로 마주치고 있는 이들은 교주인 백고천과 그를 호위하듯 흉기를 쥐고 경계의 눈초리를 보이는 백의 신도들이었다.

문을 거의 박살내다시피 억지로 열어버리고 들어온 지우를 반긴 건 다행히도 백왕교의 핵심 인물들이었다. 혹시 잘못 온 것이면 어쩌나 걱정했는데 다행히 아니었다.

그리고 막 싸우려고 했는데, 백고천이 잠시만 기다려달라는 제스처와 함께 뜬금없이 자신의 이야기를 시작했다.

"글쎄. 네가 왜 자기 이야기를 한지 나는 이해가 가지 않는데?"

지우가 눈살을 찌푸리며 진심으로 궁금하듯이 물어봤다.

"별거 아닙니다. 그저 이 세상이 부조리하게 만들어졌으며, 우리가 찾는 신 따위는 그저 희극같이 삶을 사는 인간들을 구경하는 놈일 뿐이라는 걸 설명하고 싶었을 뿐입니다."

백고천이 조소를 지었다.

"앱스토어를 창안한 자는 분명히 신일 것입니다. 어떤 종교의 신인지는 모르나, 그런 걸 만들 수 있는 건 전지전능한 신밖에 없겠죠."

백고천은 손바닥을 쫙 펴고 그걸 이리저리 흔들어 관찰하였다. 그가 손가락을 하나하나 움직일 때마다 성스럽다 느낄 정도로의 흰 빛이 스멀스멀 흘러나왔다.

"그렇다고 제 부모님을 죽인 자는 신이라고 말하는 건 아닙니다. 어머니는 아버지를 잃으시고 극도의 정신 불안 상태였고, 아마 마음의 병이 심해지셔서 자살한 것이겠죠. 단순한 불행, 그뿐입니다."

백고천은 의자에서 몸을 천천히 일으켰다.

"그렇지만 전 신을 좋아하지 않습니다. 이런 능력을 인간에게 내릴 정도로 힘을 지닌 것이 신이라면, 열심히 기도를 드린 저희 부모님을 외면했으면 안 됩니다. 신의 힘이라면 분명히 도울 수 있었을 겁니다."

웃는 얼굴이 순식간에 걸레짝처럼 일그러졌다.

눈동자 속은 신에 대한 분노와 원망으로 소용돌이쳤다. 온갖 부정적인 감정이 그 안에서 마구 날뛰었다.

백고천은 으드득, 하고 이를 갈면서 지우를 내려다보며 손을 건넸다.

"그러니 저와 함께 이 부조리한 세상을 바꿉시다. 신의 원한대로, 신의 힘을 이용하여 무언가를 바꿉시다."

"……허어. 이거 걸작이네."

지우는 기가 차듯 헛웃음을 내뱉었다.

"내가 잘못 생각했어. 난 단순하게 네가 사리사욕을 채우기 위해서 대충 종교를 만들었다고 생각했지. 그런데 그게 아니었네. 너, 정말 미친놈이구나?"

상대할 가치도 없다는 듯, 주먹을 꼬옥 쥐었다.

방금 전에 정신력을 제법 소진했지만, 그래도 대화를 일부러 들어서 시간을 조금 끌어서 다행이었다. 덕분에 정신력을 약간 회복하여 재대로 싸울 수 있었다.

시퍼런 스파크가 양팔에서 빠지직 하고 튀기면서 백고천

의 백광에 반발하듯 방 내부를 시퍼렇게 물들였다.

"쯧. 참으로 아쉽군요. 역시 타 고객과는 손을 잡기에는 힘든가."

백고천이 혀를 차면서 입가에 웃음을 지웠다. 그러곤 의자 아래 미리 준비해 두었던 백의 신도에게 명령을 내렸다.

"죽이진 말고 포박해라. 팔다리 한 두 개쯤 잘라도 상관 없어."

하늘같은 교주의 명령에 백의 신도가 대답하며 각자 손에 꼬나 쥔 흉기에 힘을 주었다.

전방에 서 있는 둘은 식칼을 철봉에 용접하여 창처럼 만든 사람이었고 남은 둘은 각각 쇠파이프를 쥐었다. 마지막 한 명은 어디선가 구한지도 모를 횃불을 쥐었다.

백의 신도는 아무래도 충성도로 뽑는 듯, 호위로 쓸 만할 정도로 몸이 특별히 좋거나 하지는 않았다.

다만 살인에 견주는 폭력을 명했는데도 거리낌 없이 답하고 실제로 자신을 죽일 각오로 쳐다보는 걸 보니 그 광신은 남들보다 대단한 듯했다.

느릿느릿한 발걸음으로 자신에게 천천히 다가오는 백의 신도를 보며, 지우는 목을 한 바퀴 빙글 돌렸다. 우드득하고 요란한 소리가 울려 퍼졌다.

그는 겉으로 제법 여유를 보이며 아무렇지 않은 모습을 보이고 있었지만, 사실 이는 허세였다. 그는 속으로 굉장히 긴장하고 불안해하고 있었다.

'아무리 저놈들 중에서 거한이나 싸움 좀 해 보이는 사람이 없다곤 하지만, 내가 유리한 건 아니야.'

일렉트로의 필수 조건은 신체적 접촉이다. 아무리 단거리라 하여도 손이 접촉되지 않으면 쓸 수가 없었다.

게다가 백고천이 어떤 힘을 지니고 있을지가 가장 불안했다.

'신도가 천 명이나 되면 그들에게 강탈한 재산도 제법될 거야. 그럼 충분히 상품을 사고도 남지. 어쩌면 내가 감당할 수 없을지도 몰라.'

백고천이 최대의 난관이다.

흉기를 지닌 백의 신도도 위험하지만 백고천에 비해선 조족지혈. 태양 앞에 반딧불이다.

흉기를 지닌 광신도 보다는 비상식적인 힘을 가진 앱스토어의 고객의 위험성이 더 컸다.

'일부러 직접 나서지 않는 것도 내가 어떤 능력을 지니고 있는지 정찰하기 위해서겠지. 그럼 나도 모든 걸 보여줄수 없어. 텔레포트는 비장의 수로 준비해두자.'

어쩌면 텔레포트는 백고천을 유일하게 제압할 수 있는 수법일지도 모른다.

재사용 대기 시간이 없다면 모를까, 일 분이라는 치명적인 결점이 있기 때문에 만약에 실패했다간 백고천이 다음부터 대비할 수 있기도 하고 쓰지 못하는 시간에 공격이라도 하면 회피도 할 수 없게 된다.

그런 상황이 오지 않게 각별히 조심해야겠다고 생각하며 지우는 다가오는 백의 신도를 향해 소리를 질렀다.

"왁!"

"……."

위협을 가해봤지만 백의 신도는 미동 하나 보이지 않았다. 조금이라도 놀래 키거나 빈틈을 만들어서 허점을 공격하려 했는데, 그조차 불가능해 보였다.

흔들리지 않고 굳건함 신앙심을 지닌 백의 신도에겐 순수한 전투력만 통할 것 같아 보인다.

'여기서 살아 돌아간다면, 돈에 여유가 나오자마자 곧바로 신체능력에 관한 초능력을 구입하자.'

남들보다 특이한 경험을 하긴 했지만 지우도 사람이다. 전력을 스스로 자기 생성할 수 있으며, 전기에 대한 내성이 있다 하여도 칼에 찔리면 베이고 피가 난다. 치명상을 입으면 내장이 상하고 죽는다.

백고천처럼 치유 능력이라도 있으면 좋겠지만, 애석하게도 그건 없다. 여러 가지로 불리한 상황이었다.

하지만 백왕교에 들어오기 전 어느 정도 각오했기 때문에 후회는 없었다.

'청룡회 그놈들보다 더 위험한 놈들이야. 허세나 위협으로 어떻게 할 수는 없으니 그건 포기해야 해.'

청룡회의 조직폭력배들은 확실히 지우보다 강했다. 그럼에도 지우에게 꼼짝도 하지 못한 것은, 약간의 방심과 일렉트로라는 비이상적인 힘 때문에 겁을 먹었기 때문이다. 그러나 광신도에게 그런 것은 통하지 않는다.

"사탄의 자식아!"

식칼을 철봉에 용접한 창을 쥐고, 백의 신도 한 명이 먼저 달려들어 일직선으로 쭉 찔렀다. 다행히 원래 병장기를 휘두름에 익숙하지 않은지 그다지 위협적이진 않았다.

'선임의 말에 의하면 정면에서 다가오는 공격은 무섭다고 눈을 감지 말고 똑바로 보라 하였지.'

이등병이었던 시절, 그와 군 생활을 오랫동안 함께해 온 맞선임이 있었다.

맞선임은 다른 건 다 괜찮은데, 심심하면 괜히 꼬장을 부리곤 했다. 그는 사회에서 아마추어 복싱 선수로 지내다 왔다고 했다. 문제는 맞선임이 심심할 때마다 지우를 데리고 복싱을 가르쳐 주겠다는 빌미로 이등병인 지우를 대상으로 복싱 연습을 했다는 것이었다.

당시에는 가혹 행위나 다름없어서 지우는 이등병 시절 그 선임을 무척 싫어하였다. 소원수리를 하여 신고할 생각도 몇 번 하였다.

그래도 그 외 심심할 때를 제외하곤 선임은 괴롭히지 않았다. 딱히 무언가를 빼앗지도 않았고, 무언가 실수를 할 때 심하게 욕을 하지 않았다. 그래서 지우는 꾹 참고 맞선임의 장단을 종종 맞춰 주곤 했다.

하지만 그때 당시에 군대의 가혹 행위 등으로 사회 문제가 퍼져 군 상부의 감시도 심해졌고, 맞선임의 심심풀이 상대에서도 빠져나올 수 있었다.

그때도 지금도 그렇고 썩 좋은 추억은 아니었지만, 지금만큼은 맞선임에게 크게 고마워했다.

학창 시절 대부분 얌전히 지내서 딱히 누군가와 싸운 경험이 없던 지우도 맞선임 덕분에 백의 신도의 공격에 침착하게 대응할 수 있었던 것이다.

우측 어깨 부근을 노리고 날카롭게 찔러 들어오는 창. 지우는 그 창의 움직임에 눈을 떨어뜨리지 않고 지면을 밟아 몸을 좌측으로 이동하여 회피했다.

'상대가 큰 움직임으로 공격했을 경우, 다음 공격을 하는데 시간이 걸려. 그럼 회피하자마자 그 틈을 노려 공격을 해 주는 것이 좋아.'

맞선임의 목소리가 머릿속에 생생하게 울려 퍼진다.

심심할 때 괴롭히는 점이 한없이 지랄 같았지만, 그래도 그 덕에 싸울 수 있는 방법이 있었다. 지우는 맞선임에게 감사 인사를 보내며, 다음 행동에 들어서려는 백의 신도의 몸을 툭 하고 쳤다.

"까아아아아악!"

창을 쥔 백의 신도가 비명을 토해내며 눈을 뒤집었다. 입에는 거품을 물고, 그대로 앞으로 고꾸라져 재수 없게 돌에 맞은 개구리처럼 몸을 파르르 떨어댔다.

"이놈, 또 사탄의 힘을 쓰는구나!"

참으로 기가 찰 노릇이었다. 보통이라면 정체불명의 힘을 발현하여, 인간으로서 두려워하는 것이 정상이다.

그러나 백의 신도들은 도리어 불같이 화를 내면서 달려들었다. 눈을 보자면 꼭 교주의 명령만 아니었다면 필히 죽였을 것이라고 말하는 것 같았다.

한 명을 처리하자마자, 화를 내면서 백의 신도 또 한 명이 달려든다. 얼굴을 가려서 남자인지 여자인지도 알 수 없었지만 목소리를 들어 보니 나이 든 여성 같았다.

"이놈!"

여성으로 추정되는 백의 신도가 쇠파이프를 휘둘렀다.

하지만 원래 힘이나 체력이 별로 대단하지 않았는지, 속도도 느렸고 위력도 약해 보였다. 실제로 지우가 거의 반사적으로 양손을 뻗어 쇠파이프를 가볍게 잡았다.

"여자라고 봐주지 않아!"

그대로 쇠파이프를 통해 전류를 쏟아 낸다.

"꺄아아악!"

백의 신도가 비명을 흘리며 감전당해 그대로 기절했다.

"히야압!"

그러나 안도하기도 잠시, 백의 신도가 무너지자마자 그 뒤에 있던 다른 백의 신도 셋이 거의 동시에 덤벼들었다.

'아뿔사!'

그만 자만해 버렸다. 백의 신도라고 우습게 볼 것이 아니었다. 비록 이성적이지 않고, 무언가에 씐 듯 덤벼들었지만 기본적으로 수적으로 우수하다. 게다가 흉기까지 들었으니, 지우가 싸움의 고수가 아닌 한 막기 힘들다.

"이런 빌어먹……."

죽음을 앞둔 상황에는 시간이 느려진다고 했나. 그 말대로 시간 감각이 느리게 흘러간다.

개방된 시야 속에서 위협적으로 들어오는 세 차례의 공격들. 뾰족한 칼날을 자랑하는 창과, 맞으면 어딘가는 부러질 것 같은 쇠파이프. 마지막으로 무식하게 횃불을 위에서 아래로 휘두른다.

뒤로 피하려고 해도, 창의 길이가 제법 상당하여 필시 찔릴 것 같았다. 옆으로 몸을 날리려 했지만 방향을 틀어야 해서 시간이 걸리니 분명 공격을 당할 것이 뻔했다.

머릿속이 풀리지 않은 실타래처럼 묶였다. 시뻘건 경보등이 윙윙 울려댄다. 근육이 놀라서 경직됐다. 식은땀이 콧잔등을 타고 아래로 흘렀다.

정말로 죽을지도 모른다는 생각에 숨이 턱 막혔다.

너무 급박한 상황이어서 그랬을까, 지우는 비장의 수인 텔레포트를 쓸 생각조차 하지 못했다. 습득한지 별로 되지 않았는지라 그만 그 존재 자체를 잊어버렸다. 익숙해지지 않은 탓이다.

가난하고 불우했던 어린 시절, 친구 한 명 없이 쓸쓸이 지냈던 학창 시절, 대학교에 수진을 만나 처음으로 사람다운 대화를 했던 시절 등 여러 추억이 파노라마처럼 쏟아져 내린다.

'죽을 수…… 없어!'

이제껏 고생해 왔다. 수많은 불행이 덮쳐 와도 꾹 참고 살아왔다. 이제 막 사업을 시작해서 돈 벌 기회도 있었다.

올해 고등학교 삼 학년이 되어, 열심히 수험 공부를 하는 여동생이 머릿속으로 떠올랐다. 자식들을 위해 중년의 삶을 포기한 부모님이 스쳐 지나갔다.

죽고 싶지 않은 일념, 절벽 끝까지 몰린 정신력.

그리고 생명과 죽음의 경계와 온 순간.

먹을 먹은 듯, 시커먼 눈동자가 영롱한 보석처럼 변했다. 색을 굳이 들자면 블루 사파이어. 그 눈동자는 보기만 해도 빨려들 듯이 신비로운 빛을 내뿜는다.

변화한 건 눈동자 색 뿐만이 아니었다. 뜨거운 피가 흐르는 통로조차도 시퍼렇게 변하며 전류를 띈다.

두뇌의 신호가 울긋불긋 변화폭을 가졌다. 상식적으로 이해할 수 없는 현상이 벌어졌다. 나선형으로 꼬인 유전자가 폭발을 일으키며 전류를 토해 냈다.

수십, 수백, 수천 개의 전자가 소용돌이쳐서 기맥을 타고 흐른다. 정신의 중심인 두뇌. 뇌파와 뒤섞인 전기 신호는 그대로 몸을 쭉 타고 흘러서 손끝까지 전달됐다.

"우오오오오오옷!"

콰르르르릉!

천지를 뒤흔들 듯 굉음이 터졌다. 천둥소리와 함께 쭉 뻗은 손바닥에서 시퍼런 벼락이 쏟아졌다.

사탄의 자식을 노리고, 성전을 치르는 십자군 마냥 흉기를 꼬나 쥐고 덤벼들던 백의 신도는 그대로 벼락에 노출됐다.

"아아아악!"

"크아악!"

세 명밖에 남지 않은 백의 신도들이 고통스러운 비명을 터뜨렸다. 비명을 끝으로 타는 냄새가 코를 찔렀다.

전력량이 상당했는지, 백의 신도들의 흰 천이 죄다 타버려서 재로 변했다. 그 안의 살갗이 화상이라도 입은 듯 시뻘겋게 달아오르며 누런 고름을 꿀럭꿀럭 내뱉었다.

눈에는 핏줄이 툭툭 튄다. 근육에 마비가 온 듯 몸을 마구 뒤틀렸다. 딱 봐도 충격이 상당한 듯해 보였다.

'성장했다……!'

초능력, 일렉트로는 성장형 상품이다.

텔레포트처럼 상품을 중복으로 구입하지 않아도 사용자

에 따라서 스스로 성장한다. 물론 그 조건은 알지 못하지만, 여하튼 간에 방금 전에 어떤 기준으로 인하여 일렉트로의 능력이 성장했다.

신체끼리 접촉하지 않았는데도 멀리 있는 백의 신도들을 향해서 전력을 쏜 것이 그 증거였다.

그는 드라마 같은 전개에 가볍게 전율하며, 흥분된 기색으로 고개를 들어 백고천을 노려보았다.

"이제 널 지켜줄 사람은 아무도 없다."

"흥."

백고천은 지우의 위협에 아랑곳하지 않고 코웃음을 치며 여유를 보였다. 그는 백광으로 번쩍이는 손을 쓰러진 백의 신도를 향해 슥, 하고 훑었다.

그러자 죄다 정신을 잃고 기절해 있던 백의 신도가 자리에서 좀비처럼 느릿느릿하게 일어났다.

상당한 전기량에 의하여 피부까지 탄 세 명도 상처 없이 말끔했다. 화상을 입어 흉하게 타 버린 피부도 멀쩡히 돌아왔고, 누런 고름도 죄다 씻겨 내렸다.

방금 전에 무슨 일이 있었냐는 듯, 백의 신도들은 아무렇지 않은 모습으로 다시 재정비한다.

'그랬나!'

힘을 내서 겨우 쓰러뜨렸던 적들이 다시 일어났는데도 불과하고, 그는 회심의 미소를 그려내며 기뻐했다.

그는 무언가 깨달은 듯 머리를 주억거렸다.

"백고천, 네놈 날 제압할 수 있는 힘이 없구나?"

"……."

여태껏 여유로운 모습을 보이고 있던 백고천의 얼굴이 석상처럼 딱딱하게 굳었다.

"대강당에서 내가 도망친 이후에도, 넌 내가 다시 습격해올 것을 약간이나마 예상했어. 백왕교 내부에 경비를 늘린 걸 보면 알 수 있지. 그렇게 머리 좋은 놈이 이렇게 쓸데없는 짓을 할 이유가 없어."

백고천은 눈앞에서 정지우라는 인간이 어떤 힘을 지닌지 대충이나마 목격했다.

그가 자랑하는 치유의 힘을 통해 아무리 백의 신도를 계속 살려 전투 속행을 하여도 지우의 일렉트로 앞에서는 허무하게 당할 것이란 걸 모를 리가 없다.

그런데도 괜히 치유의 힘을 소비해서 살린 걸 보면, 소비전을 노렸거나 혹은 그럴 수 없다는 뜻이다.

애초에 소비전을 노리는 것도 말이 되지 않는다.

신도를 가족이라 생각하면 모를까, 도구처럼 다루는 백

고천이라면 백의 신도를 방패로 내밀고 반격할 만한 힘으로 지우를 공격하는 수법이 더 알맞다.

그런데도 이런 행위를 반복한 걸 보면, 백고천에게 지우가 지닌 일렉트로처럼 공격용 기술이 없다는 것이 맞다.

지우의 자신감 넘치는 지적은 확실히 틀린 점이 없었다. 백고천은 겉으로 아무렇지 않은 표정을 짓고 있었지만 실제로는 동요하고 있었다.

'후우……멍청이는 아니었나.'

백고천은 대강당 때부터 유난히 호위를 많이 두었다.

그런 연유는 다 자신을 지킬 힘이 없기 때문이다.

물론 다친다 하여도 힐링으로 자기 재생을 할 수는 있지만, 그래도 사람인 이상 고통을 좋아할 리가 없다. 또한 심장이나 목을 공격당한다면 아무리 치유의 힘이라도 회복이 불가능했다.

천 명의 신도. 흉기를 쥔 광신도들. 이들이 백고천이 지닌 유일한 무기였으며, 그 외에는 지니고 있지 않았다.

회심을 찔려 살짝 동요하는 모습을 보인 백고천을 보며 지우는 눈을 차갑게 빛냈다.

"너, 돈 많잖아. 그런데 왜 초능력이나 공격용 마법 등의 상품은 사지 않았어?"

머리가 눈부신 속도로 공회전한다. 의문이 꼬리를 물고, 답을 찾아 헤매다가 답을 찾았다.

"아하. 너, 나 외에 앱스토어의 고객을 만나 본 적이 없구나?"

"……큭! 뭐하십니까! 저놈을 얼른 내 앞으로 데려오십시오!"

핵심을 찔렀는지 백고천은 처음으로 크게 화를 내며 소리를 버럭 질렀다. 이에 백의 신도들이 충혈된 눈으로 괴성을 내지르면서 달려왔다. 이번엔 세 명이 아니라 무려 다섯 명 전원이었다.

지우는 상대할 가치도 없는 듯이 손을 휘저었다. 다섯 손가락 끝에서 빠직, 빠지직 하고 시퍼런 스파크가 튀었다. 그러곤 살짝 힘을 주자 우레가 쏟아지는 굉음이 터졌다

"아아아악!"

"크아악!"

손에서 뻗어져나간 전류는 그대로 다섯 명의 백의 신도를 감전시켜 기절시켰다. 전압이 제법 많은지, 그들은 죄다 고통스러운 듯 얼굴을 휴지조각처럼 구겼다.

"다른 고객에 대한 존재 자체는 있다고 생각했겠지. 하지만 어떤 힘을 지니고 있는 줄은 몰랐을 거야. 그러니 애

매해서 다른 상품을 사지 않았겠지. 신도만 해도 굉장한 위력을 지니고 있으니까."

앱스토어의 상품은 알다시피 비싸다.

각각 대단한 능력을 지니고 있지만 다들 하나같이 몇 천만 원 하는 것들. 일렉트로나 텔레포트만 봐도 알 수 있다.

전지전능한 수준이 아닌 한, 굳이 찾을 필요가 없다.

지우 역시 그 둘의 초능력을 구입한 이유도 청룡회와 백왕교 때문이었으니까.

"게다가 종교를 유지하려면 제법 돈이 들어갈 거야. 신도들에게 돈을 빼앗는다곤 하지만, 건물을 세워야하고 종교를 유지하려고 고위 공직자에게 뇌물도 찔러야 했으니까."

지우의 입가에 재 차례 진한 미소가 번졌다.

"다른 고객이 어떤 인물인지 알지 모르니까, 그 위험성이 측정이 되지 않으니까 금액이 부담스러운 넌 초능력이나 마법 등을 구입하지 않았구나?"

"······큭!"

백고천이 입술을 질끈 깨물었다. 그는 말없이 다시 하얀 빛을 내뿜어서 쓰러진 백의 신도들을 일으켰다.

표정도 표정이지만, 결과가 정해진 행동을 보이는 것 자체가 지우의 말이 틀림이 없다는 뜻이다.

"나야말로 시간을 끌 필요가 없었어, 교주."

그 말을 끝으로 지우가 사라졌다.

백고천은 눈을 감았다가 뜨곤 기겁하면서 놀랐다. 분명 거리가 제법 있었는데, 정신을 차리고 보니 지우가 눈앞에 나타나서 푸른 전류를 머금은 손을 들고 있었던 것이다.

"일단, 천천히 가자."

"끄아아아악!"

온몸으로 전해져오는 전류에 두 눈이 절로 떠졌다.

백고천은 거의 처음으로 맛보는 고통에 정신을 차리지 못했다. 그는 어린 시절부터 싸움이라곤 단 한 번도 해 보지 않았고, 운이 좋아 크게 다친 적도 별로 없었다.

그래서 그런지 다른 사람보다 유난히 고통에 민감하며 엄살이 심한 편이었다.

"교주님!"

그 광경을 본 백의 신도들이 기겁했다.

그들은 마치 부모님을 잃은 듯, 하늘이 무너진 얼굴로 어찌할 줄 몰라 했다. 당장이라도 뛰쳐나가서 증오스러운 사탄을 두 손으로 찢어발기고 싶었지만 문제의 악당이 교주를 손에 잡고 협박하듯이 손에 전류를 모으는 걸 보고 교주에게 다가갈 수 없었다.

"애들 바깥으로 물려. 당장."

"크읏……."

백고천이 잔뜩 찡그린 얼굴로 침음만 흘렸다.

"어허."

어깨를 쥔 손에 살짝 힘을 주어 전류를 흘렸다.

"아아악! 나가! 당장 나가세요!"

고통을 참지 못한 백고천의 양손을 마구 휘저으며 축객
령을 내렸다. 백의 신도들은 마땅치 않아하는 얼굴이었지
만, 교주가 재차 눈을 흘리며 소리를 지르자 황급히 방 바
깥으로 나갔다.

"우리 서로 피곤한 게 길게 가지 말자고. 너, 대강당에서
보여 줬던 그 백약이라는 거 어떻게 만들었어?"

백의 신도가 나간 것을 확인한 뒤, 지우는 욕망이 일렁이
는 눈을 희번뜩 떴다.

"파나세아(Panacea)……."

"알아듣게 설명해."

"끄아아악!"

악당도 이런 악당이 없다. 자신이 알아먹지 못했다는 이
유만으로, 사정도 봐주지 않은 채 그냥 말없이 전류를 흘렸

으니 말이다. 남들이 본다면 백고천은 범죄 하나 저지르지 않은 성자(聖子)를 돈에 환장한 마왕이 괴롭히고 있는 것이라고 착각할 것이다.

"크윽! 흔히 말하는 만병통치약을 만들어 내는 도구입니다. 제약회사를 통해 유통하거나, 혹은 신자들을 유혹하는 데 써먹었어요."

"내놔."

대강당에서 처음 그 약을 보았을 때는 그저 사이비 교주의 생 쇼라고 생각했다. 하지만 교주가 앱스토어의 고객이라는 사실이 밝혀지자마자 생각이 완전히 바뀌었다.

처음에 백고천이 말한 대로 불로불사 수준의 약은 아니지만, 모든 병을 치료할 수 있는 약은 틀림이 없을 터. 그걸 만들 수 있는 도구가 있다면 참으로 좋을 것이라고 탐욕스러운 마음을 숨기지 않은 지우였다.

"다, 달라니. 무슨 소리를 하는 거예요?"

"앱스토어 조항이나 법규에 남의 상품을 빼앗지 말라는 점은 없었어. 그러니까 내놔. 이제부터 내가 써 줄 테니까."

어깨를 통해 다시 약한 전류가 흐른다.

머리카락은 쭈뼛쭈뼛 섰고, 피부 위에는 닭살이 올라왔

다. 백고천은 평소의 웃는 얼굴을 전혀 짓지 못하고, 그저 두려운 듯 몸을 바들바들 떨어대며 생각에 잠겼다.

'무서운 놈. 뭐 이딴 놈이 다 있어?'

사람을 다치게 하는 데 주저하지 않는다. 손속에 사정을 두지 않고, 자신의 유리한 상황만 끌려고 한다.

처음에 봤을 때는 조금 어수룩한 청년이라고 생각했다. 그런데 전혀 아니다. 놈은 인간으로서 무언가가 잘못됐다.

"대, 대체 나한테 왜 그러는 거야?"

"아마추어처럼 그러지 말자고. 너, 분명히 내가 도망친 이후로 여기저기 조사했겠지? 아마 김조영을 불러서 나에 대해 자세히 캐물었을 거야."

"……."

백고천은 대답 대신 무언으로 침묵을 유지했다.

"천 명 가까이 신도를 지옥의 구덩이로 떨어뜨린 놈이야. 그런 놈이 내 가족을 안 건들 것이라는 보장이 없지. 넌 위험해. 단지 그뿐이야."

"크으……! 나도, 나도 이렇게까지 하고 싶지 않았어!"

백고천이 억울하듯이 소리쳤다. 어느새 눈망울을 글썽이고, 억울함을 호소하듯 이야기를 이었다.

주로 불행했던 청년 시절이었다. 희망을 포기하지 않고

열심히 일한 부모님의 일, 그리고 자신 역시 아버지의 의지를 이어 좌절하지 않고 성실하게 살아온 일. 그러나 그 끝은 파국을 맞이해 버렸다.

"단지, 단지 이 빌어먹을 세상이 잘못되었을 뿐이야! 나도 피해자일 뿐이……."

"헛소리 하지 마."

지우는 들을 가치도 없다는 듯 백고천의 말을 도중에 단칼에 잘랐다.

"네 과거가 어떻든 상관없어. 결과적으로 보면 넌 사이비 교주이고, 수많은 사람들에게 피해를 입혔지. 어떤 이유를 됐던 간에 넌 그저 범죄자일 뿐이야."

빠직! 빠지지지직!

또다시 전류가 통통 튀겼다. 시퍼런 스파크가 이십 대 청년과 청년이라고 부르기엔 나이가 든 삼십 대 초반의 남자를 감싸 안는다. 마치 하늘이 내리는 벌이듯, 푸른 번개가 그들을 중심으로 소용돌이쳤다.

지우는 양손을 천천히 들어 백고천의 양어깨를 잡는다. 힘을 가하지도 않고, 그렇다고 아주 약하게 잡은 것도 아니었다. 마치 아는 사람을 잡듯 어깨 위에 손을 살포시 두면서 작게 속삭였다.

"감성팔이를 하기엔 상대를 잘못 골랐어, 교주."

똑똑하게 들으라는 듯이 귓가에 목소리를 전했다.

"난 그렇게 마음이 약하지 않거든."

제9장

가희는 연주하고,
요정은 웃는다

현대에 와서 사람을 죽이는 건 어려운 일이다.

옛 시대에선 살인이 흔한 일이었으나, 요즘에 와서는 강력 범죄로 인식되어 처벌도 강하기 때문에 살인까지 가는 일은 별로 없는 편이었다.

게다가 사회에서 살인은 나쁜 일이라며, 어린 시절부터 엄중하게 교육해 왔기 때문에 마음을 먹어도 쉽지가 않다.

실제로 감정을 조절하지 못하고, 그만 살인을 해 버린 사람들도 일평생 동안 괴로워하거나 한다.

'내 선택은 옳았던 것일까?'

천 명의 신도를 지니고 있던 백왕교의 교주.

백고천과 싸운 지도 어언 한 달이 지나간다.

한 달 전, 지우는 백고천을 제압하는데 성공했다. 또한 협박을 통해서 그가 지니고 있는 상품 중 만병통치약을 제조하는 도구, '파나세아' 역시 손에 넣었다.

나중에 앱스토어를 통해서 확인해 보니 그 가격이 무려 십억이었다. 그걸 알았을 때는 정말 뒤집어질 뻔했다.

백고천이 왜 알리기를 꺼려했는지도 알 수 있었다.

'하기야. 이런 걸 샀으니 다른 상품을 구입할 여력이 없었겠지.'

백고천이 맨 처음 어머니를 살리기 위해서 얻었던 능력은 힐링. 신성 마법 중 하나이며, 아쉽게도 본인의 능력 같은 경우는 강탈이 불가능했다. 그래도 그만큼 가치 있는 상품을 빼앗아왔으니 괜찮았다.

또한 백고천에 대한 향후 처리는 의외로 신사적이었다.

원래라면 목숨을 끊어서 후환을 없애는 것이 깨끗한 방법이었지만, 지우도 살인만큼은 마음에 걸려서 그냥 경찰에 넘기기로 하였다.

—다음 소식입니다. 지리산 일대에 '백왕교'라는 신흥

사이비 종교가 등장하여 대한민국 사회에 큰 충격을……

—종교계에선 전혀 무관한……

대한민국은 큰 충격에 빠졌다.

팔십 년 대, 구십 년 대도 아니고 규모가 제법 큰 사이비 종교가 대한민국 사회에 깊숙이 뿌리를 내리고 멀쩡히 활동하고 있었다. 게다가 그 장소가 지리산 일대였으며, 더 큰 문제는 불법적으로 건물을 세웠는데도 신도 중 고위 공직자가 있어서 그걸 눈감아줬다는 점이었다.

그 외에도 백왕교를 조사하자, 정부에게 뇌물을 건네 여러 가지 갖은 일도 처리했다는 소식도 알려져서 대한민국 사회는 그야말로 난리도 아니었다.

백왕교의 역사부터 시작해서 교리, 그리고 그 교주인 백고천에 대한 신상정보도 여기저기 퍼졌다.

천 명이나 되는 신도들의 행방도 주목됐다.

그들 대부분은 사람을 납치해 와서 감금하거나, 폭력을 가하는 등의 죄를 지니고 있었다.

비록 그것이 교주가 시킨 것이라 하여도 직접적인 죄가 있었기 때문에 죄 자체를 피하기는 어려웠다.

그래서 몇몇은 감옥에 가거나, 몇몇은 무고죄로 풀리기

도 하였다. 하지만 그들 모두 아직 백왕에 대한 신앙심은 아직 사라지지 않았다.

무죄로 판명되어 풀려난 이들은 정신을 차리지 못하고, 아직도 백고천을 석방해 달라며 검찰청 앞에서 목소리를 높이고 있었다.

그리고 당사자인 백고천은 순순히 자신의 죄를 시인하였다. 진심으로 죄를 뉘우치고 용서를 구하는 것이 아니라, 경찰에 잡혀가기 전 지우에게 얌전히 지내지 않는다면 그땐 무슨 짓을 할지 모른다는 협박을 들었기 때문이다.

그는 정지우라는 인간에게 본능적으로 공포감을 느끼고, 모두 포기한 채 재판을 받는 중이다.

지니고 있던 재산은 원래 신도들에게 대부분 돌려주었으며, 국선 변호사도 딱히 그를 변호할 마음이 없는지 아마 근 시일 내에 판결이 내려질 것이다. 한 짓이 있다 보니 아마 제법 무거운 형을 받겠지만.

"앱스토어는 단순히 스마트폰에만 구속되는 건 아닌가……."

백고천에게 승리한 이후, 지우는 그에게 스마트폰을 억지로 빼앗았다. 혹시라도 그가 남은 재산을 통해 무언가 상품을 사고 자신에게 복수할지 몰라서였다.

스마트폰을 빼앗자마자 익숙한 앱을 클릭해서 선택했다. 그런데 특이하게도 장바구니 기록이라던가 회원 정보 등이 정지우라는 인간으로 뒤바뀌었다.

그의 생각대로 이 수수께끼의 앱은 단순히 스마트폰에 설치되어 그게 영원히 가는 건 아닌 듯싶었다.

정말로 그 정체를 도저히 가늠을 수도 없었다.

그리고 마지막으로, 당연하지만 이번 사건에서 지우의 신변은 완전히 보장되었다.

일단 일차적으로 백고천에게 자신의 이야기를 하지 말라고 말해 주었기 때문이다. 또한 경찰에 넘기기 전 CCTV등 감시카메라에서 자신이 찍힌 장면을 죄다 삭제해서 증거를 삭제했다.

지우는 백왕교 내부를 너무 활보했다. 게다가 신도들을 봐주지 않고 무참히 박살내고, 기절시켰다.

만약 경찰 조사에 들어가서 자신이 찍힌 모습이나 이야기가 나온다면 상당히 골치가 아파진다.

다만, 백의 신도 등 간부들이나 지우를 목격한 몇몇 신도들이 '사탄의 자식이 있었다.' 라고 증언을 하긴 했다.

그러나 경찰이나 언론 등은 그런 신도들을 보고 아무래도 정신 상태가 정상이 아니라며 생각하였다.

하기야, 상식적으로 번개를 손에서 뿜어내는 사탄이라 하면 미친놈 취급 받기에 딱 좋았다.

덕분에 지우에 대한 것은 완전하게 비밀 보장이 됐다.

'이걸로 앱스토어의 다른 고객이 있다는 것은 확실해졌어. 또한 등장 시기도 알 수 없다. 백고천은 약 삼 년 전에 얻었다고 했지?'

자신이 앱스토어를 발견한 지는 고작 반년 밖에 되지 않는다. 경험이 압도적으로 적은데도 백고천을 이겼다는 사실이 아직 믿기지 않았다.

여하튼, 백고천 뿐만 아니라 대한민국에 앱스토어의 또 다른 이용자가 있는 것은 분명했다.

이제는 더욱 조심할 필요가 있었다. 찾아보면 도움이 될 만한 착한 사람도 있겠지만, 그 확률은 적었다.

사람이라 건 기본적으로 이기적인 존재다. 특히 이런 비상식적인 힘을 지니고 있다면 이용하기에 앞서 선의보다 악의를 지닌 사람들이 더 많을 터.

'아마 이번 사태에 몇몇 눈치 빠른 놈들은 앱스토어와 관련된 일이란 걸 눈치챌 지도 모르지. 이제부터는 더더욱 신분을 숨기는데 조심해야겠어. 아직 나설 정도는 아니야.'

어떤 괴물들이 숨어 있을지 모른다.

또한 그들 또한 자신처럼, 앱스토어의 고객을 힘으로 제압해서 상품을 빼앗을 생각을 할지 모른다. 그런 경우를 생각하면 섬뜩하기만 했다. 지우는 침을 꿀꺽 삼키며, 앞으로의 일에 대해서 깊게 고민하였다.

*　　*　　*

백왕교의 일을 해결하고 한 달이 지나자, 구로디지털단지 역 부근에 세웠던 로드 카페의 인테리어도 완성됐다.

건설업자의 부름을 받고 지우는 로드 카페를 찾아가 인테리어가 잘 됐는지 확인했다.

다행히 돈이 제법 투자했고, 지우가 간간히 꼼꼼하게 확인한 덕분일까 부실 공사 등은 일어나지 않았다.

또한 인테리어 역시 디자이너를 수소문하여 의뢰했기 때문에 눈으로 봐도 딱히 문제가 없었다. 이대로라면 바로 개장해도 문제없을 듯했다. 그리고 로드 카페의 중심인 마법의 커피 머신 또한 미리 설치해 두었다.

'종업원은 약 다섯 명 정도 고용하면 되겠지?'

카운터에서 주문을 받고, 커피를 만드는 사람은 세 사람이면 충분하다. 그 외에는 가게의 청소나 정리 등 하는 사람으로 둘이면 되니 님프까지 포함하여 여섯 명이면 됐다.

물론 종업원의 경우에는 이차원고용을 통해 요정들을 데려왔다.

　－서빙의 요정
　－허드레일의 요정

게다가, 님프는 정말로 평소에 자랑할 정도로 굉장히 유능하다는 걸 느낄 수 있었다. 이번에 이차원고용을 하려고 이력서를 보았을 때 대부분 님프보다 스펙이 딸렸다.

그 점을 면접을 할 때에 특히 느꼈다.

"손님이 만약 컴플레인을 걸면 어떻게 하실 건가요?"

"일단 팔부터 부러뜨립니다."

"멍청하긴! 여긴 유럽이 아니고 대한민국이야. 그럴 땐 김치로 뺨을 후려쳐야지!"

"아하."

"……."

결국 하나하나 서비스업에 대한 개념을 인식시키고, 가르쳐줄 수밖에 없었다. 할 수 없이 개장을 약 보름 정도 늦

춰야만 했다. 가르쳐야 할 시간이 필요해서 그렇다.

참고로 천만다행으로 말은 잘 따라 주었다. 만약 님프처럼 성격이 더러우면 어쩌나 걱정했는데, 그건 아니었다.

그리고 평소 궁금했던 점 하나를 해소할 수 있었는데, 요정들은 대부분 꿈과 희망을 찾기가 힘들었다.

"요새 애들은 요정을 믿는 마음이 별로 없어. 싹수가 노랗단 말이야."

"응. 아이들의 꿈과 희망을 먹고, 그 순수를 돈으로 환산할 때가 좋았지."

"배게 밑에 이빨이 정말 비쌌는데……한국에는 지붕 위에 던지면 새가 가져간다는 풍습 때문에 이백 년 전에는 새들을 모두 멸족시킬 뻔했지 뭐야?"

그들을 옆에 두면 눈물이 절로 쏟아졌다.

또한, 고용한 요정 중에서 '커피의 요정'이라는 특이한 요정이 있었다. 별다른 건 아니었고, 최근에 새로운 풍습이 생기면서 우연히 태어난 요정이라는데 어떤 커피의 종류건 상관없이 메뉴를 만들 수 있었다.

어차피 맛이야 마법의 커피 머신으로 만드니 상관없지만, 아무래도 종류가 하나면 인기가 없을 것 같아 지우는 커피의 요정에게 부탁하여 메뉴를 만들어달라고 부탁했다.

이에 커피의 요정은 별것 아니라며 흔쾌히 승낙했고, 메뉴도 새롭게 만들어졌다.

'좋아. 준비는 적당히 됐구나. 그럼 기다리는 보름 동안에 님프씨와 소정씨는 어떻게 되가는지 한 번 확인해볼까?'

노래를 부르는 여성을 종종 가희(歌姬)라 부른다. 그러나 국내에서나 외국에서나 잘 쓰는 단어는 아니다. 대부분 가수라 부르기 때문이었다.

하지만 최근에 가희라 불리는 사람이 나타났다.

바로 님프의 아래에서 꾸준히 트레이닝을 받은 여자, 바로 윤소정이었다.

그녀가 님프의 노래에 반해서 제자로 들어가 열심히 트레이닝한 것도 어언 네 달이 지났다. 그동안 윤소정은 정말로 하루도 빠짐없이 노력했다.

홍대입구, 이대입구, 명동 등 사람이 많은 곳이라면 빠지지 않고 찾아가서 적당한 곳에 서서 노래를 불렀다.

휴일이라고 쉬는 날은 없었으며, 아침에 일찍 일어나 나가서 출근길에 노래를 부르고 점심을 먹고 노래를 부르고 저녁을 먹고 노래를 부르는 일상을 계속했다.

당연하지만 초반에는 무척 힘들었다. 윤소정은 태생적으로 아우라가 닫혀 있기 때문에, 사람들을 주목시키지를 못해서 힘들었기 때문이었다.

그러나 님프가 아우라를 알파로 개방시킨 뒤, 갖은 팁을 가르쳐 주면서 가르쳐 준 덕분에 한 달이 지나자 베타까지 올려서 나름대로 약간 유명해질 수 있었다.

그리고 오늘 역시, 거리에 나가서 양손을 가슴에 모으고 목을 풀며 노래를 부를 준비를 하고 있었다.

"와, 거리의 가희다."

"진짜 예쁘다……."

"외모도 외모지만, 목소리가 진짜 곱더라고. 노래도 엄청 잘 부르던걸?"

사람들 중 몇몇이 윤소정을 알아보았다.

'다시 홍대입구에 왔구나.'

윤소정은 주변을 슥 둘러보곤 새삼 감회를 느꼈다. 노래, 아니 꿈과 삶의 선생이라고 생각한 님프를 처음 만났던 장소였다.

그리고 그날에 그대로 님프에게 반해, 그녀에게 트레이닝을 처음으로 받았던 장소도 홍대였다.

홍대는 예술인에게 있어 여러모로 복잡한 장소다.

음악, 미술, 그림 등 예술인이 많이 모이는지라 문화 자체가 예술인에게 맞춰져 있어서 익숙하긴 하다. 하지만 그만큼 눈에 띄기에는 힘든 장소였다.

다른 장소에 가면 거리에서 노래를 부르는 사람이 별로 없다 보니, 실력이 적당하면 금세 눈에 띈다.

그렇지만 홍대입구는 아니다. 아마추어 가수 등이 워낙 많고, 흔한 광경이다 보니 사람들이 잘 신경을 쓰지 않는다. 또한 그만큼 실력자도 제법 많아서 주목을 받기에 아무래도 힘든 편이 있었다.

윤소정 역시 불과 네 달 전만 해도 그런 문제 때문에 골치가 아팠다.

일단 본연의 아우라 자체가 적기도 한 점이 있었지만, 홍대의 다른 예술인들의 실력이 뛰어나서 자신은 뒷전이었다. 그렇지만 지금은 아니다. 네 달 동안 식사와 수면 외에 목이 쉬도록 노래만 불렀다. 목 상태가 걱정될 정도로 끊임없이 노력해 왔다. 그녀는 자신이 있었다.

"왜 절 버리시나요."

같은 장소, 같은 가사, 같은 음.

네 달 전의 모습이 그대로 재현됐다.

윤소정은 노래는 잘 부르는 편이지만 작곡은 잘 못한다. 그러기에 대부분은 나와 있는 곡을 부르곤 한다. 그녀가 부르는 곡은 발매된 지 오래된 곡이지만, 그녀가 무척이나 좋아하는 곡이었다.

노래 제목은 '좌절 속에 피어난 꽃'이라 한다. 조금 오글거리는 이름이지만, 윤소정은 이조차도 무척 좋아한다.

제목에도 알 수 있다시피, 주제는 사람이 꿈을 갖고 현실 앞에서 좌절했다가 노력 끝에 성공하는 이야기다.

윤소정은 이 노래를 처음 듣자마자 자신과 너무 똑같다고 생각했다.

십 년 동안 연습생 생활을 했는데도 성공하지 않는 삶.

몇 번이나, 몇 십 번이나, 아니 수백 번이나 좌절했다.

자신은 왜 안 될까 후회하며 눈물을 흘렸다. 화장실에 몰래 들어가 끅끅 울어 댔다.

그렇지만 가족이 자신을 응원하고, 웃어주니 포기할 수 없었다. 좌절의 구렁텅이에 빠져들었지만 결코 포기하지 않고 일말의 희망, 꽃을 믿고 희망을 가졌다.

그리고 고생 끝에 정말로 꽃이 피어났다.

모든 걸 포기하고, 벤치에 앉아 울고 있는 날.

한 남자가 다가왔다. 딱히 어떠한 특징도 없는 평범한 남자였다. 처음에는 자신의 외모를 보고 허튼수작을 걸어온 사람은 아닐까 싶었다.

그러나 부끄럽게도 전혀 아니었다. 그는 도리어 장사 방해하지 말라며, 툴툴거리는 길거리 카페 장사였다.

그리고 특이하게도 그가 제안을 해 왔다. 꿈을 투자해 줄 테니 나중에 돈을 벌어 와달라고 하였다.

처음엔 깊이 의심했다. 혹시 신종 사기는 아닐까 싶었다. 이후에 님프를 소개시켜줬을 때도 그 생각은 끊이지 않았다.

님프가 날카롭게 자신의 결점을 지적하자 화가 났다. 알고 있지만 지금까지 노력해 온 것을 부정당하고 싶지 않았다. 그러나 그녀가 실력을 보인 이후부터 생각이 바뀌었다.

'그래. 난 애초에 노래가 좋아서 가수의 길을 걸은 거잖아. 그럼 고민할 필요 없어. 그저, 꿈을 위해서 노래만 부르면 그만이야.'

고민이 씻겨나간다. 웃음이 절로 나온다.

가사는 좌절에서 희망을 발견하는 이야기로 변한다. 그리고 어두운 구름이 걷히고, 환한 빛이 뿜어져 나오며 꽃밭으로 변했다.

가슴속 깊은 곳에서 무언가가 벅찬 감동이 터져 나왔다. 목소리도 자연스레 올라가고, 주변으로 흩어냈다.

그동안의 슬픔과 좌절을 떨쳐내듯이 웃는다.

폐가 찢어지도록 소리친다.

"저건 뭐……."

멀리서 윤소정을 지켜보던 지우는 멍하니 중얼거렸다.

처음으로 소름이 끼쳤다.

그는 감정적으로 조금 메마른 사람이다. 그러다 보니 어떤 노래를 들어도 딱히 동조하지 않고, 무덤덤한 편이었다. 하지만 윤소정이 부르는 노래는 달랐다.

과거에 좌절했던 일을 떠올렸다. 그때로 되돌아간 듯 정신적으로 암울해졌다. 그리고 노래가 후반으로 변하자 앱 스토어를 발견하고, 살 길을 찾은 듯 감성이 폭포처럼 쏟아졌다.

"다른 건 전혀 재능이 없어. 그렇지만 저 아이는 노력에 대해선 재능이 뛰어나네. 아우라가 베타를 넘어 감마(γ)의 수준에 이르렀어. 저 정도면 국내에서도 찾기 힘들걸?"

곁에서 답지 않게 약간 웃는 얼굴을 한 님프가 설명하듯이 중얼거렸다.

"님프 씨, 정말 혼신을 다해서 가르쳐 준 모양이네요?"

지우가 탄성을 내지르며 물었다.

그가 잠시 동안 멍하니 있을 정도로, 윤소정에서 흘러나오는 아우라는 대단했다. 마치 홍대 전체가 그녀를 위한 독무대가 된 듯싶을 정도였다.

눈에 보이진 않지만, 윤소정의 뒤에선 눈부신 후광(後光)이 쏟아져 내려 주변을 환하게 빛나는 듯했다.

사람이 아니라 태양이라 해도 부족하지 않을 정도다.

그 매력은 거짓이 아니라는 듯, 근처에서 연주하고 있던 거리의 예술인들도 멍하니 윤소정을 쳐다봤다. 그 외에 행인들도 마찬가지였고 상가를 운영하는 사람들도 문을 열고 나와서 윤소정을 뚫어지게 쳐다보고 있었다.

혹시 꿈은 아닐까 생각될 정도로의 광경.

"지금은 아니지만 우리도 한때 동화의 상징이 될 정도로 꿈이 넘치는 종족이었어. 비록 과거의 영광으로 남기긴 했지만, 저렇게나 꿈을 위해 달리는 소녀가 있다면 조금 도와주는 것도 나쁘지 않잖아?"

님프가 씩 웃었다.

*   *   *

윤소정은 인터넷 스타가 됐다.

그녀가 혼신을 다해서 불렀던 노래는 당연하다시피 동영상에 찍혔고, 대한민국 전체에 퍼져서 알려졌다.

실시간 검색어는 '홍대여신', '홍대가수', '거리의 가희', '윤소정' 등이 차지했다.

수많은 사람들을 사로잡을 정도로, 아우라의 감마 단계는 환상적이라 할 수 있었다.

설마 윤소정이 이 정도까지 할 줄은 몰랐기 때문에, 지우는 의외의 소득을 얻은 마음으로 굉장히 기뻐했다.

또한, 윤소정이 십 년 동안 연습생으로 있던 문제의 소속사는 그야말로 난리였다. 애물단지로 취급하던 만년 연습생이 대박을 터뜨렸을 뿐더러, 설마 이런 보물일 줄은 상상도 못했던 것이다.

이에 전 소속사는 사건이 터지자마자 곧바로 윤소정에게 지금이라도 데뷔를 하자며 연락을 하였다. 그러나 그녀는 이미 세 달 전에 소속사를 그만 둔 상태였다.

마침 계약 기간도 지났으며, 애물단지인 그녀를 두고 어찌할 줄 몰라 계약의 갱신을 하지 않아서 가능했다.

소속사 입장에선 여태껏 키워왔던 십 년된 연습생을 버리기엔 조금 아깝긴 했지만, 어차피 가능성이 전혀 보이지 않아서 아예 깨끗이 헤어지기로 택한 것.

그런데 설마 소속사를 나가자마자 스타가 될지는 상상조차 하지 못했다.

이후에 소속사의 스카우터나 매니저 등이 몇 번이나 그녀를 찾아왔지만, 윤소정은 매번 매몰차게 거절했다.

이미 다른 소속사와 계약했다는 이유까지 덧붙였기 때문에 전 소속사는 한숨을 내쉬며 되돌아갔다.

"좋아. 트레이닝도 나름대로 끝났으니 소정 씨를 우리 카페의 전속 가수로 활동시켜볼까. 설마 도망치는 건 아니겠지?"

사람에 대한 불신은 이미 최강!

신뢰를 하라고 설득해 봐도, 반 이상은 '정말 믿어도 될까?' 하고 의심할 인간이 바로 정지우였다.

님프 외에 요정들을 고용한지도 어언 보름.

은은하게 퍼지는 원두 향을 후각으로 즐기며 사람들은 카페 내부에 인산인해를 이루고 있었다.

어떤 가게건 첫 개점 때는 사람이 많긴 하지만, 로드 카페는 개점 직전부터 여러모로 소문난 카페였는지라 불과 한 시간 만에 이 층까지 그 자리가 꽉 찼다.

"로드 커피가 이젠 로드 카페를 차렸다는데?"

"아아, 그 청계천?"

"난 그걸 마시기 위해서 일부러 출근 시간을 한 시간 늦췄어. 상사에게 욕을 먹긴 하지만, 커피를 가져다주면 인자하게 용서해 주더군."

스낵 카 시절부터 유명했던 로드 커피다.

아직 차량을 팔기 전, 로드 커피를 하면서 꾸준히 광고한 덕분에 수백 명이나 되는 단골들이 찾아와주었다.

또한 단순히 맛뿐만 아니라, 여러 부분 덕분에 로드 카페의 인기는 끊이지 않았다.

"어서 오세요. 뭐로 드릴까요?"

"꺄아아악! 오빠요! 오빠로 주세요!"

바로 연예인 뺨을 후려치고도 남을 정도로 미모를 지닌 종업원, 요정들의 인기가 하늘을 뚫을 기세였다.

님프도 그렇지만 일단 요정들은 어찌 한 명도 빠짐없이 미모가 지상의 것이 아니었다. 조각사가 영혼을 팔아서 만든 조각은 아닐지, 의심할 정도로 아름다웠다.

게다가 요정이란 건 대부분 서구 신화나 설화에서 등장하는 인물들이다. 그래서 그런지 다들 서구적인 외모였고, 손님들 입장에서 보면 한국어를 능통하게 하는 잘생기고 예쁜 외국인이 종업원으로 있으니 신기할 따름이었다.

님프 외에 고용된 요정은 말했다시피 총 다섯. 그중 셋이 남자였고 둘은 여자였다.

"오빠. 저희랑 제발 사진 좀 찍어주면 안 돼요?"

"괜찮습니다. 장당 백만 원 어때요?"

고용주를 닮아 뼛속까지 돈을 밝히는 더러운 근성들!

얼굴이 잘생겨도, 속은 밤처럼 까맣고 칙칙하다.

"와, 정말 아름다우세요. 누나, 괜찮으시면 아르바이트 끝나고 저랑 놀러 가실래요?"

"꺼져."

"하핫! 튕기시는 매력이 굉장하시네. 제가 페라리 끌고 다니거든요? 슈퍼 카 타고 싶지 않으세요?"

"촌스럽게 아직도 차타고 다니냐? 날 꼬실려면 적어도 유니콘이나 페가수스는 타고 와라."

"……?"

사람을 대하는 서비스업을 하기엔 조금 이른 겸이 있었지만, 그래도 기본적인 교육은 끝난지라 그냥 종업원으로 쭉 쓰기로 했다.

또한 님프는 트레이너에서 카페의 점장으로 바뀌었다.

일은 다른 요정들과 비교조차도 하지 못할 정도로 정말

잘했다. 접대뿐만 아니라, 블랙 컨슈머를 대하는 능숙한 대처나 일 등등 정말 빼어낼 것이 하나 없을 정도였다.

그 외에도 지휘도 잘하여, 부하 관리도 잘했다. 지우는 마음이 조금 싸해오긴 했지만, 크게 인심 쓰듯이 시급을 제외하고 월급으로 제법 많은 보수를 주었다.

"자요, 커피."

카페가 성황을 누리자 날아갈 것 같이 기분이 좋아진 지우는 윤소정에게 평소에 잘 안 해 주는 특별 서비스를 해주었다. 아메리카노에 무려 시럽을 뿌려준 것이다.

"고마워요."

윤소정은 새삼 감회가 새롭다는 듯 커피를 내려다보았다.

저번에 이 커피를 받았을 때, 자신은 보잘것없는 연습생이었다. 주변에서 결코 받아주지 않던 재능 없고, 쓸모없는 사람. 그러나 단 한 사람만은 달랐다.

쓸쓸하고 어두웠던 밤, 따뜻한 커피를 건네주며 투자받을 생각 없냐고 말을 건넨 이상한 남자.

그가 바로 눈앞에 앉은 정지우였다.

"카페 개점, 축하드려요."

"고마워요. 크흐흠!"

지우가 괜스레 헛기침을 내뱉었다.

그는 간신배처럼 눈동자를 굴려대며 윤소정의 행색을 머리끝부터 발끝까지 슥 훑어보았다. 자칫 잘못하면 성추행이라며 오해받을 정도로 음흉한 눈길이었다.

'축의금은 얼마 가지고 왔을까? 설마 쓸데없이 화환을 준비한 건 아니겠지? 화환을 가져왔다면 그 입에 꽃을 죄다 쑤셔 넣어주지.'

보통 남자라면 윤소정 앞에서 어떻게든 잘 보이려고 노력하려한다. 이성적으로 굉장히 매력적이기 때문이다.

그러나 지우에게 미모 따위 잘 통하지 않는다. 그는 연애보다 돈에 대한 관심이 더 크다. 게다가 주변에 예쁜 사람이 많다 보니, 눈이 자연스레 높아졌다.

대학교에서 여신으로 통하던 김수진도 있지만, 지상의 어떤 인간과도 비교가 되지 않은 님프와 그 요정들이 바로 코앞에 있다.

덕분에 미인계는 그에게 쥐뿔도 통하지 않는다.

"지우 씨에게는 정말 감사해요. 예전에는 누구도 절 알아보지 못했는데, 이제는 달라요. 선글라스를 끼지 않으면 대부분 사람들이 절 알아봐요."

"아, 예."

'그래서? 그래서 축의금은 얼마 가져온 거냐?'

머릿속에 지폐와 황금이 춤을 췄다.

"예전에는 믿지 못해서 정말 죄송했어요. 이 은혜, 평생을 다해서라도 잊지 못할 거예요. 앞으로 같이 힘내도록 해요."

윤소정은 센스 있게 가슴골 부근을 손으로 가리고, 예의 바르게 허리를 숙여 인사했다.

'설마 가져오지 않은 건가? 감사 인사로 진지한 분위기로 이끌려서 그냥 지나가려고? 아닐 거야. 아무래도 가벼운 농담을 하는 모양이군. 이럴 땐 조금 웃어 보자.'

윤소정이 처음에 가슴골로 손을 움직였을 때는 돈이 들어간 봉투라도 꺼낼 줄 알았다.

그는 복잡한 생각을 이어가며 어색하게 웃었다.

"아뇨. 그러실 필요 없습니다. 그보다, 저……."

일부러 대놓고 말하지 않고, 눈치를 주며 운을 때우는 지우였다.

이에 윤소정은 그와 눈을 마주치고 머리를 갸웃, 하고 흔들다가 영문 모를 표정을 지었다.

'독한 년. 모르는 척을 하고 있어.'

지우가 으음, 하고 침음을 흘렸다.

"아!"

다행히 걱정은 기우에 불과했다. 윤소정이 이내 무언가 눈치챈 듯, 손뼉을 치며 놀란 표정을 지었다. 저건 분명히 무언가를 떠올린 얼굴이 분명했다.

"죄송해요. 제가 깜빡 잊은 것이 있었네요."

윤소정이 솔직하게 사과하며 자리에서 일어났다.

"괜찮습니다."

이제야 마음이 편해진 지우가 표정을 풀었다.

'일어난 걸 보니 카운터에 돈이나 지갑을 맡겨둔 건가? 하기야, 사람이 많으니 소매치기 당하기가 쉽겠지? 암, 조심해야말고.'

지우 혼자만 여러 추측과 생각을 난무했다.

그러나 윤소정의 행동은 그의 예상과 완전히 빗나갔다.

참고로 로드 카페에는 다른 카페와는 좀 다른 특이한 것이 하나 있었는데, 일 층 구석에 있는 피아노였다.

그다지 고급스러워 보이지는 않다. 고풍스러운 분위기는 풍기긴 하지만, 피아노의 연식 자체는 제법 오래됐다.

'저건 윤소정이 집에서 가져온 피아노잖아?'

윤소정은 지우에게 투자를 받는 대신, 앞으로 그가 하는 사업에 전속 광고 모델을 해 주기로 하였다.

그뿐만 아니라 가게 운영에 도움이 되는 건 뭐든지 해 주기로 하였고, 그중에는 사람들을 데려올 수 있게 아우라의 감마 단계를 이용한 노래도 불러서 사람들을 끌어오기로도 했다.

그래서인지 로드 카페는 여타 카페들과 다른 특이한 점이 있었다. 윤소정이 노래를 부를 수 있도록 고급 레스토랑에서 볼 수 있을 법한 작은 무대가 준비되어 있었다.

'설마⋯⋯.'

피아노 앞에 앉는 윤소정을 보고 지우는 불안감을 느꼈다.

"어라? 저기 피아노 쓰는 거였나?"

"제법 오래된 것 같아서 그냥 장식인 줄 알았는데."

"근데 저 사람 어디에서 많이 본 것 같은데⋯⋯."

윤소정은 유명해진 지 채 한 달도 지나지 않았다.

그 인기는 일반 연예인급 수준을 가볍게 넘는다. 그 때문인지 많은 사람들이 그녀를 알아보았다.

윤소정은 사람이 뭐라 하건, 피아노 건반을 누르며 자연스레 연주를 시작했다. 그녀를 유명하게 한 '좌절 속에 피어난 꽃'의 곡이었다.

귀를 간질이는 연주가 카페 전체로 곧 울려 퍼졌다. 그제야 사람들 모두가 윤소정을 알아보았다. 그들, 혹은 그녀들은 대부분 놀란 표정을 지었다.

종업원으로 일하는 요정들도 이번만큼은 자리에 멈춰 섰다. 윤소정의 연주나 아우라에서 무언가를 느낀 것이 아니다. 적게는 수백, 많게는 수천 년 산 그들에게 감마 수준의 아우라는 이미 많이 보았기 때문에 별로 감흥이 없었다.

그런데도 요정들은 두 눈을 지그시 감고, 굉장히 감동을 먹은 듯한 기색을 보였다. 이러한 연유는 비교적 단순했다.

'시끄러운 인간들이 드디어 닥치는구나.'

'역시 난 서비스업과는 맞지 않아. 시끄러운데 때릴 수가 없다니…….'

'다 돈 때문에 하는 거지 뭐.'

의욕 없이 보수에만 신경 쓰는 요정들!

'하여간 저놈의 요정들은…….'

굳이 말로 듣지 않아도, 표정만으로 어떤 생각을 하는지 알아챈 사장이었다.

지우는 요정들에게 금세 관심을 끄곤, 부드러운 눈길로 피아노를 연주하며 노래를 부르고 있는 윤소정을 쳐다보며 생각에 잠겼다.

'피아노 줬으니까 축의금은 주지 않겠다는 뜻을 연주로

표현하고 있구나. 그냥 말하면 될 것을 무언으로……무서
운 년.'

제10장

비 오는 날에 베푼 선행

　로드 커피를 운영 당시, 하루에 많이 팔아 봐도 오백 잔이 한계였다. 그러나 카페를 개점한 이후로는 달랐다.

　테이크아웃(take—out)도 있지만, 가게에 앉아서 먹고 가는 사람들도 많아져서 제법 많은 잔을 팔아 해치웠다.

　그렇지 않아도 스낵 카 시절에도 하루에 한 잔도 빠짐없이 한계까지 팔아왔던 맛인 데다가, 눈이 휘둥그레질 정도로 미모를 지닌 요정들과 더불어 요즘 뜨는 길거리 뮤지션, 윤소정도 있으니 손님들이 인산인해를 이루었다.

　특별히 방송 매체를 통한 광고가 필요 없을 정도였다.

여하튼, 커피 판매량을 상상을 뛰어넘을 정도로 넘었다. 종업원 중 커피의 요정 덕분에, 메뉴도 다양해져서 카페를 찾는 사람들이 제법 많아졌다. 이와 같이 여러 요인이 겹치면서 하루에 파는 커피의 양도 상당해졌다.

그 숫자가 무려 천 잔이었으며, 로드 커피 때와 비교하면 약 두 배 차이 정도는 됐다. 명동 등 주요 상가에서 팔리는 커피가 통계적으로 한 팔백여 잔 정도 되니, 그와 비교해도 충분히 수지맞는 장소였다.

"하루에 560만 원……."

참고로 원래 오천 원이었던 가격은 천 원가량 올렸다.

손님들은 비싸다고 불평했지만, 지우 입장에선 가게 유지비 때문에 골치가 아파서 별수 없이 올려만 했다.

전기세, 수도세 등도 그렇지만 일단 역세권의 상가 건물을 빌렸다보니 임대료 등이 신경이 쓰였다.

보증금이나 공사비용 등은 이미 해결해서 문제없지만, 앞으로 월세가 한 달에 팔백만 원 정도 들어서 골치가 아파 왔다.

물론 출근길 도중에도 향만 맡으면 지각을 감수하는 마법의 커피가 있다면 적어도 망할 일은 없다.

그러나 욕심이라면 지구의 누구에게도 지지 않을 만큼

많은 지우는 좀 더 돈을 많이 벌고 싶어서 천 원을 올렸다.

"무슨 커피 한 잔에 육천 원이냐!"

"이 육시랄 새끼야!"

가끔씩 어이없을 정도로의 가격에 뒷목을 잡고 혈압을 올리는 사람들이 있었지만 지우는 이를 깔끔히 무시했다.

특히 손님 외에, 주변 카페 사장들이 손님을 빼앗기자 불같이 화를 내면서 온갖 방해를 했지만 소용없었다.

"하하하! 이게 현금 무적이다!"

지우가 악당처럼 웃어 댔다.

마법의 커피 머신은 고작 이천만 원. 그런데도 배를 훨씬 넘는 수익을 내고 있으니 입이 절로 찢어졌다.

그리고 시간이 흘러, 한 달이 지났다.

*　　　*　　　*

계절이 바뀌었다.

따스한 봄이 지나고, 더운 여름이 왔다. 긴팔을 입기에는 부담스러운 계절이다. 여성이 입는 옷이 짧아지고, 남자들은 눈 호강을 했다.

또한 남자들 역시 여자를 조금이라도 꼬시기 위해서 꾸

준히 운동한 근육을 과시하고, 여성들도 눈 호강을 했다.

그러나 이건 일반인들의 생활에 한했고, 지우는 달랐다.

복학을 그만두고 앱스토어와 만나 열심히 돈만 벌었다. 전역 이후, 걱정했던 복학은 뒷전이 됐다. 돈을 버는 재미에 푹 빠져서 그렇다.

이제 와서는 특별히 대학에 대한 관심도 없어졌다. 부모님은 여전히 복학 걱정을 하며 종종 전화를 하였지만 지우 입장에선 솔직히 돈을 이 정도로 벌고 있으니 대학이 뒷전이 될 수밖에 없었다.

'이제는 부모님을 당당하게 찾아가서 자랑스레 말할 수 있어. 사업을 시작해서 돈을 이만큼 벌고 있다고.'

구로디지털단지에 있는 카페를 생각하니 마음이 한결 가벼워졌다.

부모님 앞에서 자신은 걱정만 시키는 아들이었다.

군대를 전역하자마자 부모님 손을 빌리는 것은 좋지 않다며 자취를 하긴 했지만, 잘한 점은 그뿐이다.

고등학교 시절부터 여동생인 지하처럼 제대로 공부를 한 것도 아니었으며, 약간의 사고도 쳐서 마음고생도 시켜드렸다. 그것만 생각화면 과거로 돌아가 어린 자신을 주먹으로 후려치고도 남는다.

'그래. 효도 좀 하고 걱정도 털어드려야지. 앱스토어로 벌어들인 돈을 아직 쓰기엔 꺼림칙하긴 하지만…….'

자신 외에 다른 고객과 만나기 했지만, 아직까지도 그 비밀을 풀지 못한 지우였다.

비유를 하자면 탈세를 거친 일명 '검은 돈'이라고 할까, 있어도 쓸 수 없는 돈과도 같았다.

'그렇다고 아예 안 쓸 수는 없잖아. 게다가 다행히 하이포션을 구입해서 사용했는데도 아무런 문제는 없었고.'

아니, 도리어 앱스토어가 없었더라면 어머니의 생명은 보장하지 못했을 것이다. 이래도 저래도 앱스토어는 그의 인생뿐만 아니라 가족들 역시 구해 준 고마운 존재였다.

대한민국의 중심지는 수도인 서울이다.

그리고 서울의 중심가라 하면 당연 강남을 필두로 한다. 교통, 상업, 문화 등 어떤 점도 빠짐없이 단연 최고 순위에 오른다.

게다가 그만큼 땅값과 더불어 물가가 입이 떡 벌어질 정도로 비싼 동네이기도 하다.

강남의 아파트를 사느니 차라리 지방에 집 몇 채를 더 살 수 있다는 말이 있을 정도였다.

그렇다고 강남의 모두가 부자라는 건 아니다. 강남은 서울에서 부촌(富村)으로 알려지긴 했지만, 어디까지나 부자의 숫자가 많은 편인거지 강남 산다고 모두 부자인 것은 아니었다.

원룸을 빌려 사는 학생이나 직장인도 있으며, 그 외에 빈민도 존재하긴 한다.

여하튼, 문제의 강남 일대.

고층 빌딩으로 사탕처럼 줄줄이 이어진 삭막한 숲.

이름을 듣자면 제법 알 만한 빌딩 중, 한 곳. 꼭대기 층에는 아름다운 야경(夜景)을 즐기며 식사할 수 있는 레스토랑이 있다.

"얘, 정말 괜찮니?"

올해로 오십 대 중반을 바라보고 있는 중년이지만, 겉으로는 많게 봐도 삼십 대 중후반 밖에 되지 않은 어머니가 잔뜩 부담스러운 얼굴로 주변을 슥슥 둘러봤다.

예전부터 집안 사정이 별로 좋지 못해, 스카이라운지(sky lounge)에 있는 고급 레스토랑은커녕 서울에 있는 유명하고 값비싼 맛 집조차 가기 부담스러워하는 어머니 입장에선 현 상황은 아침에 먹은 식사가 체해서 모두 토해 낼 정도였다.

그녀 눈앞엔 새하얀 천이 뒤덮인 원형 테이블이 있었는데, 그 위에는 온갖 산해진미가 차려져 있었다.

엷은 향신료를 기미하고, 나이프로 푹 찌르면 선홍빛 육즙이 툭 튀어나올 것 같은 양고기 스테이크, 방금 막 딴 듯 신선함이 넘치는 채소로 이루어진 샐러드, 여러 가지 양념과 포도주로 간을 맞춘 푸아그라(Foie Gras) 등 그 밖에도 하나하나가 눈이 휘둥그레질 정도로 값비싼 음식이 차려져 있었다.

"괜찮아요. 반대로 먹지 않으면 아깝다니까요? 여기 예약하느라 보름이 걸렸어요."

지우가 농담 삼아 웃으면서 어서 먹으라는 제스처를 취했다.

"지우야, 정말로 이런 곳에 와도 괜찮은 게냐? 나도 이번만큼은 걱정이구나."

아들의 결정은 대부분 존중해 주는 편인 아버지 역시 조금 부담스러운 듯, 이마에 맺힌 땀을 손수건으로 닦아 내며 물었다.

며칠 전, 두 부부는 바깥에 나가 있는 아들에게서 연락을 받았다. 오랜만에 가족끼리 식사를 하자는 얘기였다.

부모님은 흔쾌히 승낙했다. 아들이 어찌 지내고 있는지

궁금하기도 하고, 함께 외식을 한지도 지우가 전역한 날 이었기 때문이었다.

물론 외식이라고 해도 대단한 건 아니다. 집안 사정이 좋지 못하기 때문에, 외식이라고 해봤자 그저 동네 고기 집에 가서 먹는 정도였다.

그래서 언제나처럼 그렇게 생각하고 있었는데, 지우가 뜬금없이 강남에서 먹자고 제안을 했다.

뭔 밥 먹으러 강남까지 가냐고 물었지만, 지우는 야경을 즐기며 먹을 수 있는 고풍스러운 외식을 하자고 했다.

정지우 만큼 자린고비 정신으로 똘똘 뭉친 부모님은 이에 부담스러워하며 거절했지만, 지우가 고집을 부려서 어쩔 수 없이 끌려오다시피 강남으로 왔다.

그런데 이게 웬걸, 생각보다 입이 떡 벌어질 정도로 비싸 보이는 레스토랑에 왔다.

강남이라 해봤자 제법 이름이 알려진 맛 집 정도 수준이라 했는데, 알고 보니 한 끼에 십만 원은 물론이고 이십여만 원을 가볍게 넘는 식사가 나오는 장소였다.

"네가 돈이 어디 있다고?"

어머니는 부담보다는 지우에 대해 크게 걱정하였다.

안 그래도 아들이 집안에서 벗어나 혼자 자취를 하고 있다. 종종 전화할 때마다 지우가 '잘 살고 있다. 건강하게 밥 먹고 있어.' 라고 답해도 어머니 입장에서 아들은 그저 철부지 아들일 뿐이다.

혹시 아들이 자신이 걱정할까 봐 거짓말을 하는 건 아닐지 진심으로 걱정됐다.

어쨌거나, 군대를 막 전역하고 취직하지도 않은 남자가 벌어봤자 얼마 벌겠냐며 이런 비싼 곳을 오냐며 지우를 타박하기도 한 어머니였다.

"……오빠. 너무 무리하는 거 아니야?"

옆자리에 앉은 지하 역시, 평소의 무표정을 지우고 눈썹을 구부리면서 걱정스러운 기색을 보였다.

"다들 참! 비싼 곳에 오면 불안해하지 말고 좀 드세요. 저 정말로 돈 많이 벌어요. 안 되겠네, 증거부터 보여드릴게요."

그는 오기 전에 많은 준비를 했다. 가족들을 안심시키기 위해서 미리 만들어 둔 또 하나의 통장이나 혹은 최근에 방송도 탄 로드 카페에 대한 인터넷 기사였다.

양고기를 한 뭉큼 입에 넣어 꼭꼭 씹어 먹은 뒤, 지우는 계속해서 말을 이어갔다. 제법 긴 이야기였다.

알고 지내던 형이 있었는데, 그 형을 통해서 바리스타에 대해 알게 되고 커피를 만들게 됐다.

그리고 열심히 아르바이트로 번 돈으로 길거리 커피 장사를 시작해서 대박을 터뜨린 일까지 빠짐없이 말했다.

당연하지만 이건 나름 각색해서 짠 스토리였다.

아무리 가족들과 무한한 신뢰로 이어져 있다곤 하지만, 앱스토어에 대해선 상식적으로 믿을 수 없는 이야기다.

또한 괜스레 가족들이 알게 되어 앱스토어의 어두운 점에 휘말릴 것이 두려워서 어느 정도 숨길 수밖에 없었다.

그리고 보여 준 통장은 월 순익이 약 오백만 원 정도라고 거짓말을 했다.

사회에선 '갑작스레 큰돈을 벌게 되면 사람이 망가진다.' 라는 말이 있다.

마음 같아서는 자랑하고 싶기도 하고, 부모님이 그런 사람이 아니란 것을 알고 있기도 하지만 만약의 가능성 때문에 솔직히 말하기가 꺼려졌다.

자신만 해도 돈에 미쳐서 이렇게 변해 버렸다. 가족들도 그렇게 변하면 어쩌나 싶은 걱정스러운 마음도 있어서였다.

"정말이니?"

어머니는 정말로 놀란 듯 눈을 껌뻑이며 재차 물었다. 여전히 믿기지 않은 듯 인터넷 기사를 세세하게 읽었다.

아버지 역시 별반 다를 것 없는 얼굴로 기사를 읽어 내렸다. 지하의 아버지라는 생각이 들 정도로, 평소 감정 표현이 없는 아버지다. 그런 아버지가 이런 반응을 보이는 걸 보면 정말 크게 놀란 듯했다.

"진짜? 정말? 이게 정말이니?"

어머니는 연신 물으며 아직도 믿기지 않는 듯한 얼굴이었다. 하기야, 어릴 적부터 특별히 대단하지도 않았고 또 집안 사정이 좋지 않아 경영이나 사업에 대해서도 가르쳐 주지 않은 아들이 이렇게 성공해 왔으니 신기해하는 것도 당연했다.

"네, 정말이에요."

지우는 머리를 주억거렸다.

"지우야……."

어머니는 말로 형용할 수 없는 표정으로 눈물을 뚝뚝 흘렸다. 그녀는 주부인데도 평소 아르바이트 때문에 거칠어진 손으로 그의 손을 붙잡으며 상냥하게 웃었다.

"정말 대단해, 대단하구나. 네가 이렇게 성공할 줄은 몰랐단다. 나와 네 아빠는 너에게 해 준 게 별로 없는데……."

어머니는 지우가 어느 때보다 자랑스러웠다.

솔직히 말해서 그녀는 자식들에게 제대로 해 주지 못해서 항상 미안했다.

특히 지우에게는 죄책감이 들 정도였다.

딸인 지하는 표현은 하지 않지만 오빠인 지우에게 항상 미안하고 고마운 감정을 느끼고 있었다.

자신을 위해서 대학 진학까지 도중에 포기하고, 그녀의 진학에 방해는 되는 건 아닐까 집을 나왔다. 그 외에도 지하의 공부에 신경 써달라며 참고비나 등록금 등에 벌어들인 돈을 넣어달라며 자신은 신경 쓰지 말라고 해 주었다.

어머니도 지하와 마찬가지인 감정이었다.

아니, 고마운 걸 넘어 죄책감이 다 들 정도였다.

아들과 딸을 딱히 차별하는 건 아니었다. 하지만 어린 시절부터 총명함을 보이던 딸이 항상 상을 받아오고 좋은 성적표를 가지고 오면 빠짐없이 칭찬해 주고 자랑스러웠다.

그 당시엔 너무 기뻐서 그냥 칭찬해 준 것뿐인데, 나중에 와서 생각해 보니 아들은 대단한 성적을 받지 않았다지만 그래도 부모로서 칭찬을 잘해 주지 않고 너무 막 키운 느낌이 있어 미안했다.

또한 아들이 군대를 전역하자마자 자신을 희생하면서 딸

에게 신경 써달라는 걸 보니 가슴이 아파왔다.

마음 같아선 그럴 필요 없다고 하고 싶었지만, 현실적으로 보자면 이 가정에서 둘을 모두 도와줄 수는 없었다.

어쩔 수 없는 선택이라고 생각도 하였다.

그걸 떠올리니 자신이 너무 미워서, 지우에게 미안해서 눈물이 멈추지 않았다.

"흑, 흐윽……."

어머니는 손수건으로 눈물을 필사적으로 닦아냈지만, 멈추지 못했다.

"여보."

울고 있는 그녀를 따스하게 감싸는 손이 있었다.

만년 과장이라고 바가지를 갈구긴 하지만, 그래도 이 가정의 기둥으로서 버텨온 몸. 싫어하는 술을 억지로 먹으면서 고생까지 한 남자. 그리고 세상에서 가장 사랑하며 지금까지의 생을 함께 해 온 남편.

아버지는 부드러운 미소를 입가에 그려내며 아내의 어깨를 감싸 안아주고, 다른 손으로는 손수건을 쥐고 있는 손을 꼬옥 쥐어 주었다.

그러곤 눈을 돌려 자랑스러운 아들을 쳐다봤다.

"장하구나. 정말 장하구나. 그리고 미안하고 사랑한단

다."

"……."

지우는 멍하니 두 부부를 살펴보았다.

"오빠. 고마워."

머리를 돌려 옆자리에 앉은 여동생을 바라본다.

앞으로 수능까지 반년 밖에 남지 않은 자랑스러운 여동생. 가정 표현은 결코 하지 않는 무뚝뚝한 여동생.

지하도 입가에 작은 웃음을 그려내고, 조용히 자신을 올려다보고 있었다.

지우는 멍한 얼굴로 가족들을 쳐다보며 생각에 빠졌다.

'뭐야, 난 또 어디 사채 끌어온 건 아니냐고 믿지 못할 것 같아서 여러 가지를 준비해 왔는데……나, 불효자구나. 가족들도 이렇게 날 믿어주는데 정작 내가 믿지 않았구나.'

또르륵.

바늘로 콕 찍어도 피 한 방울은커녕, 합의금 내놓으라며 냉정한 모습을 보일 것 같은 지우의 눈동자에도 눈물이 뺨을 타고 흘러내렸다.

'이 행복, 지킬 거야. 무슨 수를 쓰건 지킬 거야. 설사 악마에게 영혼을 팔아도 지킬 거야.'

더 이상 불행해지고 싶지 않다.

이제 가난함은 지긋지긋하다.

슬슬 행복해질 때도 되지 않았나?

"아버지, 어머니. 그리고 지하야."

이 행복을 지키기 위해서라면 뭐든지 할 수 있다.

"사랑해요. 그리고 고마워요. 마지막으로 잘 부탁드립니다."

*　　*　　*

꾸릉. 꾸르르릉.

아침부터 하늘이 우중충하다 싶더니, 얼마 지나지 않아 짐승의 울음소리와 비슷한 굉음과 함께 먹구름이 몰려온다. 출근길에 들어선 사람들은 각각 한 손에 접힌 우산을 쥐고 불안한 듯 하늘을 힐끗힐끗 쳐다봤다.

뚝. 뚜두둑.

쏴아아아아.

비가 내릴 듯, 말 듯싶더니 굵직굵직한 비가 폭포처럼 쏟아져 내렸다.

계절은 여름. 한창 장마의 계절이다.

가만히 있기만 해도 괜스레 짜증이 솟구치는 열기, 그에 견주어 숨이 턱턱 막히는 습기까지. 이런 날에 시비라도 붙었다간 곧장 싸움으로 이어지곤 한다.

얼마 전, 가족과 단란한 식사를 통해 서로 간에 사랑을 확인한 지우는 기분 좋게 일상을 만끽하고 있었다.

딱히 큰일이라고 할 건 없었지만, 그래도 사업이 번창하고 있으니 그다지 불만은 없다.

그는 굳이 자신이 나오지 않아도 됐지만, 아직 서비스업에 익숙하지 않은 요정들을 감시하기 위해서 아침마다 일찍 출근하여 열심히 일하고 있었다.

하루 동안 땀을 흘리고, 간간히 윤소정이 연주하는 음악을 즐기자 생각보다 시간이 빨리 갔다.

어느새 시계 바늘은 열두 시를 가리키고 있었고, 카페는 닫을 시간이 됐다. 손님들에게 양해를 구하며 마감 시간이 됐다고 알린 뒤, 손님들이 나간 뒤에 정리를 시작했다.

"사장님. 그럼 저흰 이만 가 볼게요."

"그래. 오늘도 도움이 됐지만 민폐도 많이 끼쳤구나. 집으로 가다가 자동차에라도 부딪치렴."

몽환적이라 할 정도로, 신비로운 빛에 휩싸이며 요정들이 퇴근했다.

지우도 마지막 정리만 하고 이제 막 나가려했다.

"응?"

그러나 도중에 눈에 띄는 무언가를 발견했다.

지우는 창문 바깥으로 시선을 돌렸다.

장마인지라 비는 여전히 내리고 있었다. 다행히 점심이나 저녁에 비해서 그 세기는 약해진 상태였다.

그러나 우산을 쓰지 않기에는 여전히 부담스러웠다. 그런데도 불과하고 바깥에 어떤 노인이 비를 맞으면서 느릿느릿하게 걷고 있었다.

'뭐지? 미쳤나?'

노인 분께는 실례되는 생각이었지만, 솔직히 그렇게 생각할 수밖에 없었다.

아무리 여름이라고 해도 비를 맞고 다니면 금세 몸살감기다. 특히 나이가 있는 분들께서는 목숨에 관련될 지도 모르는 일. 저러고 다니시니 좀 마음에 걸렸다.

'……'

이기적인 생각이지만, 저 노인과 자신은 아무런 관련도 없다. 그리고 자신은 이제 막 퇴근하고 집에서 푹 쉴 생각이었다. 그는 기본적으로 이득이 되지 않으면 아무것도 하지 않는 인간이다.

결국, 지우는 시선을 노인에게 거두고선 'OPEN'이 제대로 'Close'로 돌려 있는지 확인했다. 그러곤 모든 걸 끝내기 위해서 막 불을 끄려했다.

"끙."

이제 단추 하나만 누르면 되는데, 그게 잘 되지 않는다.

지우는 별수 없다는 표정으로 한숨을 깊게 내쉬면서 다시 몸을 돌렸다. 일단 바깥에서 볼 수 없게 창문의 커튼이나 블라인드를 다 치고, 문을 열어 거리를 생각에 빠진 얼굴로 멍하니 걷고 있는 노인에게로 달려갔다.

"할아버지!"

"음?"

가까이 가니 노인은 비를 맞은 지 제법 오래된 듯했다. 머리부터 발끝까지 안 젖은 부위가 없었다. 완전히 물에 빠진 생쥐 꼴이었다.

게다가 와이셔츠를 입고 있었는데, 안에는 나시가 뻔히 보여 그다지 좋은 광경은 아니었다.

젊은 여성이라면 환호하면서 주변에 남자들이 우산을 수백 개는 들고 오며 수작을 걸었겠지만 말이다.

"어휴, 뭘 청승맞게 비 맞고 있어요. 이리 와보세요."

"잠깐, 나는……."

"것 참, 할아버지 장기에 관심이 있는 것도 아니고. 그 렇다고 뭐 불량 청소년마냥 주먹다짐하려는 것도 아니니까 그냥 오세요."

지우는 노인을 데리고 얼른 카페 안으로 들어왔다.

밖은 밤이었는지라 잘 보이지 않았지만, 조명을 켜둔 카 페 안으로 데려오니 노인을 제대로 볼 수 있었다.

연륜이 묻어나는 듯, 새하얗게 변색된 머리칼은 물에 젖 어 뒤로 젖혀졌고 얼굴에는 주름살이 가득하다. 딱 봐도 나 이가 제법 들어 보였다.

표정에선 어딘가 모르게 우울함이 돋보였고, 그야말로 세상 삶을 다 산 노인네 그 자체였다.

문제는 안색이 그다지 좋지 않았다. 제법 오랫동안 비를 맞았는지 입술을 보랏빛을 띠었고, 피부는 시체처럼 창백 했다.

이에 식겁한 지우는 노인을 일단 아무 자리에 앉힌 뒤, 휴게실에 들어가서 수건과 자신이 입던 트레이닝복을 가져 왔다.

"할아버지, 일단 수건으로 머리 좀 닦고 옷도 이걸로 갈 아입으세요."

"그러니까, 난……."

"어허. 할아버지. 이런 걸로 돈 청구할 사람 아니니까 걱정 좀 하지 마세요."

돈을 청구하고도 남는 사람이다.

"잠깐만 기다려보세요."

노인을 보아하니 참으로 측은한 마음이 들었다.

하루가 바뀌는 늦은 시각, 그것도 평일 날에 비를 맞으면서 다니는 걸 보면 분명히 보통 사연은 아닐 것이다.

그는 카운터로 돌아가, 오늘도 열심히 움직인 마법의 커피 머신으로 따듯한 커피 한 잔을 탔다.

커피의 요정은 이미 퇴근했기 때문에 로드 커피 때 시절 때나 만들었던 아메리카노 밖에 타지 못했다.

허연 김이 모락모락 나는 커피를 쥐고, 홀더까지 껴서 어느새 트레이닝복으로 갈아입은 노인이 앉은 테이블에 올려둔 지우는 그 맞은편에 앉았다.

"난방도 다시 켰으니까, 금방 따듯해질 거예요. 그러니까 커피 한 잔 마시면서 몸 좀 녹이세요. 저기 문 앞에 우산 있죠? 나갈 때 저거 가져가세요."

"음……."

노인은 어안이 벙벙한 얼굴로 침음을 흘렸다.

그러곤 무언가 말하려 했지만, 지우가 이를 제지하면서

얼른 커피를 마시라는 듯 턱 끝으로 제스처를 취했다.

"할아버지. 그냥 젊은이 친절이라고 받아들이세요."

"고맙네."

지우가 기관총처럼 말을 쏟아 내자, 노인도 별말하지 않고 감사 인사를 하며 커피 한 모금을 마셨다.

"……!"

커피 한 모금을 목 너머로 넘기자마자 노인은 놀란 듯 두 눈을 휘둥그레 떴다. 변화하는 얼굴에 따라 주름도 쫙 펴졌다 생겼다를 반복했다.

'지금쯤 약 팔십 년 인생을 되돌아보겠군. 어쩌면 자메이카에서 우사인 폴트 씨를 만나고 있을지도 몰라.'

지우가 익숙한 듯 낄낄 거렸다.

"후우……."

그렇지만 그의 예상과 다르게, 노인은 지금까지의 손님들과 좀 다른 반응을 보였다.

눈을 동그랗게 뜨고 깜짝 놀랐다가, 이내 두 눈을 지그시 감으며 입가에 미소를 그려냈다.

그러곤 아무 말 없이 커피를 한 모금, 두 모금 마셔댔다.

노인과 청년은 딱히 대화를 나누지 않았다.

그저 이 순간을 즐기듯 고요하게 시간을 보냈다.

"정말 고맙네."

노인이 주름으로 깊게 파인 눈가에서 물방울을 또르륵 흘리며 감사했다. 헌데 신기하게도 부드럽게 웃는 걸 보니, 슬퍼서 우는 건지 아니면 웃는 건지 알 수 없었다.

사람의 표정에는 우주에 담겨져 있다고 하는 말을 종종 들었는데, 과연 그렇다는 생각이 들었다.

참으로 신묘하고도 복잡해 보이는 얼굴이었다.

"할아버지. 좀 진정되셨어요? 아까는 당장이라도 한강으로 뛰어들 표정이어서 정말 딱해 보이셨다고요?"

지우는 분위기를 풀 겸 농담을 섞어서 말했다.

"하하하. 그랬나?"

"네. 무슨 일이 있었는지는 모르겠지만 건강은 챙기셔야죠. 아, 얘기는 안 해 주셔도 돼요. 저 그렇게 오지랖 넓은 사람은 아니니까요."

"음……."

노인은 마음에 무엇이 걸리는지는 모르겠지만, 지우를 물끄러미 쳐다보았다.

노골적인 시선을 느낀 지우는 영문 모를 얼굴로 머리를 갸웃하고 기울였다.

'이 양반이 혹시 나한테 다른 걸 뜯어내려고 하나? 설마

내가 사기에 걸린 건 아니겠지?'

남을 안 믿어도 이리 안 믿을 수가 없다. 얼른 머리를 돌려 CCTV가 제대로 돌아가고 있는지 확인하려고 했는데, 노인이 고요한 침묵을 깨뜨렸다.

"혹시 자네 내가 누군지 모르나?"

"예? 아……할아버지 연예인이세요?"

이제야 방금 전까지 의심이 괜한 의심이었다는 걸 깨달았다.

"죄송해요. 제가 연예인은 잘 몰라서……."

지우가 머리를 긁적이며 어색하게 웃었다.

방송을 아예 안 보는 것은 아니다. 갓도리 시절 때, 지겨움을 달래기 위해서 영화나 드라마, 혹은 예능 프로그램을 많이 시청했다.

그렇지만 국민적으로 정말 유명한 사람을 제외하곤 연예인은 잘 모르는 편이었다.

"하하하. 그런가, 모를 수도 있지. 미안하네."

노인이 시원할 정도로 기분 좋은 웃음을 흘렸다. 딱히 기분 나빠하거나 실망한 기색은 아니었다.

"원래 이 근처는 젊었을 적에 아내가 사는 동네였거든. 그래서 자주 오곤 했지."

노인은 추억을 되새기는 듯, 먼 산을 바라보며 웃었다.

"데이트 장소였나 봐요?"

"아아. 그랬네."

"뭐야, 그럼 할머니랑 오시지 왜 혼자 왔어요? 할머니가 걱정하세요."

"없어. 작년에 노환으로 날 혼자 두고 가버렸거든."

노인이 씁쓸하게 웃으며 답했다.

"어, 음……."

자신이 괜한 과거를 건드린 걸까, 지우는 입맛을 다시며 괜스레 뒤통수를 긁적였다. 그러곤 무언가 결심한 표정으로 재차 말을 꺼냈다.

"그렇다고 청승 떨면서 비 맞고 계시면 어째요. 저승에 계신 할머니가 걱정해요. 그러다가 돌아가시면 자식이나 주변 사람들이 슬퍼한다고요?"

"글쎄. 아마 좋아하지 않을까. 자식 놈들은 아들 하나 빼고는 내 유산 때문에 치고 박고 싸우고 그렇거든."

노인이 회의적인 모습을 보였다.

'보기와 다르게 돈 좀 많은 양반인가? 아니, 그러지 않을 수도. 요새는 평범한 집안에서도 그런 일이 드문 편이 결코 아니니까.'

세상은 각박해졌다. 당장 쓰러질 것 같은 노인이 비를 맞으며 돌아다녀도 잘 신경 쓰지 않는다.

그만큼 사람들 마음은 얼어붙었다. 특히 돈에 관련되면 그렇다. 적은 돈이라도 재산 상속 때문에 형제자매끼리 피 튀기듯이 싸워서 법정 공방을 하는 일도 흔하다.

"……."

암울한 이야기를 했을까, 잠시 대화가 끊겼다.

노인도 머리를 푹 숙인 채 커피만 내려다보았다.

'내가 괜한 이야기를 꺼냈나?'

속으로 살짝 후회도 하는 노인이었다.

그러나 분위기는 얼마 지나지 않아 다시 움직였다. 멈춘 시간이 돌아간다. 그 요인은 바로 머리에서 느껴지는 고통이었다.

딱!

"억! 자, 자네 뭐하나?"

노인이 새빨갛게 달아오른 이마를 부여잡고 황당하다는 얼굴로 지우를 쳐다봤다. 그가 방금 전에 엄지와 중지를 말았다가 이마를 치는 일명 '딱밤'을 날린 것이다.

"할아버지가 혼자 쓸쓸이 비를 맞다가, 그만 무슨 사고나 병이 들어서 죽게 된다면 가족들이 어찌 생각할 것 같아요?"

"자네가 어떤 생각을 하는지 알 것 같네. 그 아이들은 독해서……."

"당연히 좋아하겠죠. 손뼉을 치면서 '와! 그 지독한 늙은이가 드디어 죽었다! 이제 재산은 내 거야!' 라고 좋아할걸요?"

지우가 표정 변화 없이, 여전히 뚱한 얼굴로 말했다.

이에 노인도 조금 기분 나빠하는 모습을 보였다. 아무리 그래도 본인 앞에서 이렇게 대놓고 말하다니, 예의가 아니었다.

"그럼 마음에 드는 아들은요?"

"아……?"

"보아하니 사이도 좋으신 것 같네요. 아들이 효도 많이 하죠? 마음에도 많이 들죠? 그럼 분명 슬퍼해요. 진짜, 정말로 세상이 무너지듯 오열한다에 제 손목 걸게요."

지우가 씩, 하고 미소를 지었다.

"그래도 가족을 생각하라는 소리는 안 해요. 자식 놈들 대부분이 할아버지 죽고 기뻐할 개새끼들이라면 그냥 두세요. 무시해도 좋아요. 평생 안 봐도 괜찮아요. 굳이 화해하지 않아도 좋아요. 다만."

딱 밤을 만들었던 손을 주먹으로 쥔다.

"그 아들을 슬퍼하게 하지마세요. 어쩌면 지금도 서울 전체를 뒤지며 할아버지를 찾을지 몰라요. 그 아들을 위해서라도 돌아가세요. 아프지 마세요. 벽에 똥칠할 정도로 사세요. 손주도 보고, 증손주도 보세요."

노인이 입을 살짝 벌리고 멍한 표정을 짓는다.

"또 저승에 계신 할머니도 할아버지가 노환 말고 다른 이유로 일찍 오면 좋아할 것 같아요? 아마 불같이 화를 내면서 '여보, 애들 더 챙기시고 왔어야죠. 벌서 오면 어떻게 해요?'라고 바가지 긁을 거예요."

바가지를 긁는다.

그 말이 끝남과 동시에 노인은 멍한 얼굴로 지우를 보았다.

주륵.

조용히 눈물이 고여, 그것은 이내 흘러넘치고 말았다.

"아흐⋯⋯흐흐흑! 끄흐으으윽⋯⋯!"

아까처럼 눈물이 조금씩 흐르지 않았다.

작년에 아내를 잃었던 것처럼, 도저히 참을 수 없는 눈물이 쏟아지면서 바닥에 떨어졌다. 쇳소리를 내면서 오열한다. 멈추고 싶어도 멈출 수가 없었다.

나이를 먹으면 다시 어려진다고 했나, 그처럼 노인은 어린아이처럼 엉엉 울어 댔다.

"고맙, 네…… 정말로 고맙네……!"

노인은 끅끅, 하고 울음을 참아 내며 감사인사를 했다.

이에 지우는 별거 아니라는 듯 주먹을 일직선으로 뻗어 쾌활하게 답했다.

"별거 아니에요. 고마우면 나중에 카페 홍보나 해 줘요."

슬픔으로 일그러진 추레한 얼굴이었지만, 이상하게도 노인의 얼굴은 너무나도 기쁘고 아름다워 보였다.

노인은 눈물범벅인데도 불과하고 어느 때보다 밝은 미소를 보이면서 주름 가득한 손을 주먹으로 쥐어 지우의 주먹을 맞부딪쳤다.

"아아……!"

제11장

선행을 하면
복이 굴러들어 온다

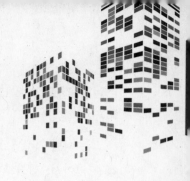

한 청년이 있었다.

태생은 나쁘지 않았다. 6.25전쟁이 있은 직후, 살아남은 중소기업 중 사장의 아들로 태어났기 때문이다.

그때 당시에는 세계 곳곳에서 대한민국을 보고 경제를 살리려면 적어도 백 년이나 이백여 년은 있어야 한다고 할 정도로 절망적이었기 때문이다.

그런 시대에서 대기업은 아니지만 그래도 중소기업 사장 아들 정도면 나쁘지 않은 편이었다.

허나 청년의 가치는 중소기업 사장의 아들이 아니었다.

청년에게는 남과 다른 점이 하나 있었다. 바로 '집념'이었다.

그는 어릴 적부터 포기한 것을 몰랐다. 머리는 딱히 비상하지 않아서, 남들보다 무언가를 빠르게 배우거나 완벽하게 해내지는 않았다.

그렇지만 하는 일이나 공부를 성실이 해내고 성공할 때까지 도전했다. 수많은 실패에도 아랑곳하지 않았다.

예닐곱 살 때부터 공부를 질리도록 했고, 좋은 성적을 냈다. 몇몇 대회에 나가서 상을 타기도 했다.

아들의 노력과 성공에 감동한 아버지는 좋은 환경에서 공부를 해 주겠다며 아들을 미국으로 유학을 보냈다.

고등학교 시절을 미국에서 한 아들은 공부를 정말 질리도록 했다. 사람을 사귀는 것조차 방해된다고 생각하면서, 오직 성공이라는 일념과 집착만으로 힘을 냈다.

그리고 유학한지 몇 년 뒤, 오늘날에는 미국에서 가장 입학하기 힘든 대학교 일위를 차지한다는 스탠퍼드 대학(Stanford University)의 경영학과에 입학한다.

그대로 대학원까지 공부하여 석.박사까지 수료하려 했지만, 안타깝게도 그럴 수 없었다.

이게 청년의 첫 번째 위기였다.

한국에서 아버지가 병환(病患)으로 그만 생을 마감했다는 소식이었다.

비록 함께 살아온 기간은 중학생까지 밖에 되지 않았지만, 청년은 아버지를 존경했다.

혼자의 힘으로 전쟁 이후에도 두 발 뛰어 기업을 세우신 사장이었다. 그렇다고 일에만 집중한 것이 아니라, 가족들에게도 신경 쓰시며 아들에겐 자상하게 웃는 얼굴의 아버지셨다.

청년은 매우 슬퍼하며 아버지 무덤 앞에서 울었다.

하지만 청년의 고행은 아직 끝나지 않았다.

그에겐 네 살 터울의 누나가 한 명 있었다. 그러나 그다지 썩 좋은 관계는 아니었다.

생전에 아버지는 아들과 딸을 딱히 비교는 하지 않았지만, 아무래도 아들이 워낙 어렸을 적부터 뛰어난 면을 보였기 때문인지 아들을 특히 예뻐했다.

이에 딸은 네 살이나 많은데도 남동생보다 못한다는 열등감과 함께 질투가 솟아올라 예전부터 남동생을 좋아하지 않았다.

문제는 여기서부터였다.

"흥, 외국에 살더니만 사람이 완전 변했구나. 아버지가 돌아가시니 재산 좀 얻어 보려고 기어들어온 거겠지? 무덤 앞에서 일부러 그렇게 울다니……스탠퍼드에서 하라는 공부는 안하고 연기만 배워왔구나?"

누나는 청년이 한국에 오자마자 매몰차게 버렸다.

중소기업이라곤 하나, 당시엔 아버지가 경영을 제법 잘하여 한참 상승세를 띠고 있었다. 가만히만 있어도 유산과 기업이 넝쿨째로 들어온다.

그런데 만약 여기서 청년이 유산권을 주장한다면 골치가 아파진다. 그래서 누나는 일부러 남동생을 떨어뜨리기 위해서 계획을 짰다.

이것이 청년의 두 번째 위기였다.

"누나! 그게 무슨 소리야? 난 그런 생각한 적 없어. 유산은 누나가 다 가져도 상관없으니까 회사에서 일만하게 해줘. 난 아버지의 뜻을 이어서 세계에 알리고 싶다고!"

"그게 그거지 뭔 소리니? 됐어. 너한테는 쌀 한 톨도 줄 수 없어."

아무리 진심을 다해 설득하려 해도, 대화는 이어지지 않았다. 청년은 그대로 내쫓겼다.

중소기업 내에서도 혹시라도 딸의 줄에 섰다가, 새로 아들 파가 등장해서 자신들이 약속된 자리를 빼앗길 것 같아서 새로운 사장인 딸을 도왔다.

이후, 청년은 길거리에 나앉았지만 포기하지는 않았다.

그는 '집념'의 남자다. 목표가 있다면 수단과 방법을 가리지 않고 무조건 성공을 향해 달린다.

청년은 처음부터 천천히 쌓아 올랐다.

스탠퍼드 대학에서 배운 것을 참고하고, 때로는 아버지의 경영을 머릿속으로 떠올리고, 때로는 아르바이트 생활을 통해서 여러 가지를 따라하면서 경영을 시도했다.

세월이 흘러갔다.

청년은 남자가 됐다. 우연찮게 일을 하다가 한 여성과 만나고, 사랑에 빠져서 결혼을 했다. 자식도 낳았다.

아내와 자식을 보면서 좀 더 힘내야겠다는 생각을 했다.

그의 경영은 정신을 차리고 보니 커져 있었다.

최저 시급도 받기 힘든 아르바이트로 시작해서, 작은 가게 장사로 변화했다가 아버지가 하셨던 중공업과 건설 부분에도 사업을 확장했다.

숨도 쉬기 잠시, 곧 세 번째 위기가 찾아왔다.

청년이었을 적, 자신을 눈엣가시로 여겨 매몰차게 내쫓은 아버지의 기업이자 그걸 이어받은 친누나가 위협했다.

친누나가 야속하기만 했지만, 그래도 친누나의 경영 능

력은 나쁘지 않은 편이었다. 아버지가 창립했던 중소기업은 어느새 대한민국을 대표하는 대기업이 됐다.

그리고 자랑하는 분야가 중공업과 건설이었기 때문인지, 슬그머니 위협해오는 남동생의 중소기업이 거슬렸는지 종종 시비를 걸어오기 시작했다.

어쩔 수 없는 현상이었다. 딸은 이미 아버지의 것을 물려받아서 키워왔고, 아들은 따로 떨어져서 아버지의 뜻을 이어 받겠다며 똑같은 분야를 창립했다.

중복되고 부딪치는 것은 정해진 일이었다.

'아버지의 등은 크구나.'

경영자는 친누나긴 했지만, 그 대기업의 기반을 만들고 다진 건 아버지였다. 아직 그 그림자가 남아 있었다.

친누나와 경쟁하면서 새삼 아버지가 얼마나 대단한지 알 수 있었다.

그리고 세 번째 위기는 잘 넘겨서 도리어 기회로 바꿀 수 있었다.

대기업에게 지지 않기 위해서 바득바득 버텨냈고, 온힘을 다해서 경쟁하며 성장했다.

중공업과 건설 부분을 넘어서, 사업을 점점 확장하며 증권, 자산운용, 카드, 보험 등 금융관련 업종부터 전자업종

등을 증설하여 기업을 만들었다.

그리고 머리가 희뿌옇게 질릴 정도로 세월이 흐르고, 남자는 중년을 넘어 노년기에 접어들었다.

정신을 차리고 보니 노인이 된 남자의 업적은 존경스러울 정도로 대단했다.

특히 중공업 관련으로 세계 순위에 이름이 올라갈 정도였으며, 외국 기업에서조차 노인의 회사 제품을 필수로 이용할 정도였다.

세계 부자 순위에서도 순위권에 당당히 드는 노인.

무에서 유를 창조하여 자수성가(自手成家)한 남자.

중공업 세계 순위를 자랑하는 대기업이자 그룹.

리즈 스멜트(res smelt)

창립자, 한도공(限刀工)

*　　　*　　　*

창문 바깥을 내려다보면 지상이 까마득하게 보일 정도로 층수가 여럿 있는 고층 빌딩.

"아버지!"

안경을 써 지적인 분위기가 돋보이고, 딱 봐도 사업가인 듯한 사십 대 중반에 들어선 중년이 문을 거칠게 열어젖히고 회장실 안으로 들어섰다.

"도정아, 뭘 그리 호들갑이냐."

한도공은 손에 쥔 빈 커피 잔에 시선을 떨어뜨리지 않고 방문객에게 쓰게 말했다.

"괘, 괜찮으세요?"

한때 대한민국의 왕자님이라고도 불렸던 남자.

수많은 사람들이 부러워하기도 하는 한도공의 장남인 한도정(限度正)은 이마에 맺힌 땀도 닦아낼 생각도 하지 못한 채 눈을 크게 뜨고 한도공을 쳐다봤다.

세간에선 한도정을 보고 단순히 행운아라 부르기도 하지만 이는 틀린 말이다.

그 역시 아버지를 따라 들어가기 힘들다는 스탠퍼드 대학교의 경영학을 졸업한 기재였으며, 어릴 때부터 한도공을 도와서 일을 하고 그 능력을 인정받아 정식 후계자가 돼 제일 주요 부분인 중공분야의 사장이기도 했다.

"뭐가?"

"경호도 없이 산책 나가신다고 해 놓고, 약속 시간보다 한 시간이 지났는데도 들어오지 않으셨다고 들었습니다. 당연히 큰일 아닙니까!"

한도정이 잔뜩 흥분한 얼굴로 따지듯이 목소리를 높였다.

남들이 봤다면 아무리 장남이라곤 하지만, 살아 있는 전설이자 호랑이로 유명한 한도공 앞에서 간이 배 밖으로 나온 건 아니냐며 질겁했을 것이다.

한도공은 일에 대한 부분이 굉장히 엄한 편이다. 설사 가족이라고 해도 능력이 인정되지 않으면 아무것도 물려주지 않는다.

그건 일상생활에서도 마찬가지다.

수다적인 성격은 아니며, 필요한 말이 아니라면 입을 꾹 다문다. 같이 자리에 있으면 얼어붙을 정도다.

특히 구시대적인 사람인 데다가 보수적인 측면도 있어서 예의범절 쪽에는 엄하다 못해 귀신이라 부를 정도였다.

여하튼, 그런 한도공에게 감히 목소리를 높였다. 그의 뒤를 잇고 싶어 하는 후계자들, 형제자매가 듣는다면 무슨 버릇이냐며 한도정을 비난했을 것이다.

그러나 그건 한도공과 한도정의 사이를 몰라서 하는 소리다.

"……녀석."

한도공이 피식, 하고 작게 웃었다.

장남이 이렇게 화를 내는 건, 진심으로 아비를 걱정하는 마음 때문이다. 한도정은 여타 부잣집 자식처럼 유산 때문에 아버지에게 잘 보이려고 하는 게 아니라, 진심을 보이며 한도공의 곁에서 걱정해 주고 도와줘서 그렇다.

가식처럼 보일지도 모르지만, 다른 형제자매는 몰라도 한도정 만큼은 아니다. 리즈 스멜트가 가끔씩 친누나에 의하여 위기를 겪을 때마다 걱정해 주고, 온 힘을 다해 어떻게든 아버지를 도와주려했다.

"뭐, 어떠냐. 그냥 네 어미 좀 혼자서 생각하고 싶어서 그랬다."

어제는 한도공의 처음이자 마지막으로 사랑한 사람이었던 이옥희(怡玉喜) 여사의 일주기였다.

작년 이맘때 쯤음, 한도공은 또 하나의 큰 위기를 겪었다. 아니, 위기라기 하기에는 조금 그랬다.

한도공과 그 아내는 이미 충분히 노환으로 여러 질병을 지니고 있었다. 언제 죽어도 이상하지 않는 시기였다.

그는 아내를 죽게 하지 않기 위해서 모든 노력을 끊이지 않았다. 세계 최고라 불리는 병원에 입원시키고, 의사진을 불러서 어떻게든 아내를 되살리기 위해 혼신을 다했다.

그러나 때때로 '집념' 하나만으로는 어찌할 수 없는 것도 있다. 그 대표적인 것이 죽음이었다.

이옥희 여사는 웃는 얼굴로 남편에게 괜찮다며, 다독이면서 이 세상을 떠났다. 그게 벌써 일 년 전이다.

한도공에게 있어 아내는 아버지처럼 결코 잊을 수 없는 특별한 사람이었다.

아직 중소기업의 기반을 다질 무렵. 아무것도 없는 청년과 사랑에 빠지고, 그 고백을 받고서도 '좋아요.' 라며 대답해 준 여자였다.

재산이라거나 그런 복잡한 관계없이, 가난해도 꾹 참고 곁에서 그저 사랑한다는 이유만으로 그를 돌봐주었다.

시간이 흐르고, 리즈 스멜트가 세계적인 대기업으로 성장했는데도 아내는 한결같았다.

딱히 사치를 부리지도 않고, 자식 키우는 재미에 푹 빠지고 여전히 남편을 내조하는 게 행복해했다.

그렇다 보니 아내를 잃은 한도공은 정신 건강에도 조금 위협이 왔다. 작지만 우울증을 겪은 것이다.

힘든 시기는 지나쳤지만, 그래도 여전히 아내가 그리운 것은 매한가지였다.

그래서 오랜만에 젊었을 적, 아내와 데이트를 하던 장소에 오고 싶었다. 그중 한 곳이 구로디지털단지였다.

허나 한도공은 한 사람의 몸이 아니다. 리즈 스멜트라는 세계적인 대기업을 경영하고 있는 최고 책임자다.

당연히 어딜 나가면 호위나 비서 등 여러 사람이 붙는다. 한도공은 그게 싫었다. 아내와의 데이트를 회상하는데 방해받고 싶지 않았다.

그래서 일부러 사람들에게 따라오지 말라고 명령하고, 혹시 몰라 감시라도 한다면 용서하지 않겠다며 경고하며 혼자 나와서 거리를 걸었다.

"그건 알고 있지만……그래도 시간은 조금 지켜주지 그러지 않았습니까. 덕분에 회사는 난리도 아닙니다."

한도정도 아버지가 어머니를 얼마나 사랑했는지 알고 있었기에, 심한 말은 하지 못하고 괜스레 한숨을 푹 쉬었다.

참고로 한도공이 정해진 약속 시간에서 고작 한 시간 늦었는데도 불과하고, 중공분야는 물론이고 다른 계열사 역시 발칵 뒤집혔다.

사원을 제외하고 과장부터해서 부장 등 상사 계층은 물론이고 부사장에서 사장까지 연락이 터질 듯이 오갔다.

늦은 밤에 자고 있는 사람들부터 시작해서 놀고 있는 사람, 휴식을 취하고 있는 사람 모두 불려나가 집합했다.

리즈 스멜트는 하루아침에 난리가 났다.

그룹에 속한 각 계열사 기업에서 퇴근했던 과장, 부장급 할 것 없이 부사장이나 사장들도 잠에서 깨어나 황급히 회사로 두 발로 뛰어왔다.

회장이 외출했다가, 약속 시간에 돌아오지도 않고 연락도 받지 않았으니 당연한 일이다. 혹시 무슨 일이 생긴 건 아닐지 걱정됐다.

한도공은 거물이다. 그가 아플 때마다 리즈 스멜트의 주가가 곤두박질치거나 치솟거나 한다. 기침 한 번 하면 화살표가 하한가를 달린다는 말이 과장이 아닐 정도였다.

그만큼 그의 신변인 아주 중요했다.

"그리고……아까부터 신경 쓰였던 건데, 그 옷은 뭡니까?"

"응? 아, 이거?"

한도공이 흡족하게 웃으며 머리를 내려 자신의 옷을 쳐다봤다.

회장이 입는 옷은 설사 나시라도 상상을 초월할 정도로 비싸고 유명한 브랜드를 쓴다. 운동복 역시 마찬가지였다.

실제로 그걸 입어주는 대신으로 수십억 또는 수백억의 광고료를 받기도 했다.

그런데 정작 회장이 외출했다가 이상한 옷을 입었다.

살짝 색이 지워진 파랑색 추리닝. 입은 지 제법 됐는지 소매 등이 다 너덜너덜하다. 게다가 늘어져서 보기도 흉했다. 이런 말하기 뭐하지만 한도공의 옷차림은 그야말로 가족에게 버림받은 불쌍한 노인네였다.

"아버지…… 이런 말 뭐하긴 하지만 그거 보기에 썩 좋지 않습니다. 벗으시고 다른 걸로 갈아입으십시오."

"난 괜찮다. 썩 나쁘지 않은 옷이거든."

딱 봐도 꾀죄죄한 몰골.

그렇지만 나쁜 옷차림은 아니다.

젊었을 적 자주 이렇게 다닌 적도 있었다.

아내가 생각나 우울해서, 자기도 모르게 우산도 들지 않고 그대로 청승맞게 비를 맞고 다녔다.

그러다가 어떤 청년 사업가의 손에 이끌리고, 친절을 받았다. 거기까진 요즘 보기 드문 착한 마음씨라고 생각했다.

어느 누구도 이 시간에 자기 가게에 추레한 몰골의 노인을 데려오지 않으니까.

혹은 자신의 신분을 눈치 채고 무엇을 원하며 도우는 것이라 생각했다. 그런데 생각해 보니 전혀 아니었다.

일단 당시 밤은 달도 보이지 않아 가까이 가지 않으면 알아보기 힘들다. 게다가 청년은 신기하게도 밝은 곳으로 데려왔는데도 알아채지 못했다.

한도공 회장은 밥 먹듯이 언론에 노출된다. 일거수일투족 감시당하는 수준이다. 모르는 것이 더 신기하다.

그런데 그 청년 사업가는 정말로 자신을 모르는 눈치였다. 자기를 물어보니 연예인이냐고 묻다니, 제법 재미있는 경험이었다.

수건으로 몸을 닦고, 갈아입을 옷도 받았다. 우산도 챙겨 주었다.

거기에서 끝나면 적당히 감사 인사로 돈이라도 쥐어 주며 어깨를 툭툭 쳐주려고 했다. 그러나 그가 건넨 커피를 마시고 생각이 바뀌었다.

과연 마법의 커피답게, 이름값은 똑똑히 했다.

피도 눈물도 없기로 소문난 천하의 한도공 또한 눈물을 조용히 흘리며 회상에 빠졌었다.

그 맛이 아직도 잊혀 지지 않는다. 정확히 말하면 아내 이옥희가 타준 커피였다.

마법의 커피는 어떻게 만들건 간에 머신 덕분에 이승에선 비교할 수조차도 없는 최고의 맛을 낸다.

언제나 맛은 완벽하다. 한 치의 오차도 없다. 괜히 기적의 앱스토어에서 파는 물품이 아니다.

마법의 커피에는 여러 가지 효능이 존재한다. 건강이나 심신 안정, 집중력 상승효과 같은 이런 기본적인 버프 계열 마법이 숨어져 있다. 그 외도 두 가지가 더 있다.

하나는 감정을 건드려, 억지로 움직여 쾌감과 감동을 동시에 맛보게 하는 것. 또 하나는 소비자가 꿈꾸던 원하는 맛이 있다면 취향에 맞게 변화한다는 것이다.

한도공은 원래 커피를 잘 마시지 않는다. 건강의 문제도 있긴 하지만, 원래 그가 먹는 커피는 하나밖에 없다.

배우자인 이옥희가 타준 커피다. 어디 외국에서 최고급 원두를 인수해 와서 정성껏 만든 그런 건 아니다.

프림 넣고, 설탕 넣은 흔히 볼 수 있는 다방 커피. 또는 자판기 커피라 불리는 커피였다.

그러나 한도공은 맹세컨대 그보다 맛있는 커피를 찾아본 적이 없었다. 자판기 커피나 다방 커피에서도 찾을 수 없는 맛, 힘들 때마다 아내가 힘내라며 웃으면서 타주었던 커피. 그 커피를 다시 먹을 수 없어 아쉬워했었다.

그 때문인지 아내를 잃은 직후 커피는 입에 대지 않았다.

헌데 자신은 청년이 건네준 커피를 마셨다. 참으로 신기한 노릇이었다.

커피의 맛은 각별했다. 따스한 액체가 혀를 적시고 식도를 넘어가는 순간 뇌가 터질 듯이 폭발하여 흥분했다.

머릿속에선 여태껏 지내온 과거가 파노라마처럼 펼쳐졌다. 주로 아내를 처음 만났던 일, 두근거린 일, 소홀하게 데이트를 한 일, 입맞춤을 한 일, 결혼한 일……

"돈 주고도 못 살 커피를 먹었어. 작은 보답을 해야겠지."

"예?"

*　　*　　*

질리도록 내렸던 장맛비가 잠시 멈추었다.

며칠 동안 멈출 기세를 보이지 않던 비가 멈추자, 온몸을 가득 메우던 끈적끈적하고 불쾌한 습기도 사라졌다.

이에 대다수 카페는 조금 아쉬워했다.

비 오는 날에는 장사가 더 잘되기 때문이다.

사람들은 우천(雨天) 시에는 밖에 잘 나가지 않는다. 설사 약속을 잡고 나간다 하여도 오랫동안 걸어 다니는 걸 좋아하지 않는다. 걷다 보면 비에 몸이 살짝 젓기도 하고, 우산을 들다보니 걷기가 불편하기 때문이다.

그래서 대부분 어디 안에 들어가는 걸 좋아하고, 식사나 영화 관람이 끝나면 카페에 들어와서 시간을 때운다.

물론 로드 카페에는 속하지 않는다. 비가 오건 말건 로드 카페는 항상 최고의 인기를 자랑하며, 날씨가 좋은 날에는 사람들이 줄을 설 정도다.

그리고 그 로드 카페의 창립자이자, 사장인 지우는 살짝 격앙된 기색으로 직원실에 앉아 있었다.

앞에는 직사각형 테이블과 더운 날씨에 알맞은 아이스 티 두 잔을 올려두었고, 그 맞은편에는 철테 안경을 쓰고 머리가 까진 회사원 차림의 남자가 마주 보고 있었다.

'이 아저씨, 분명 체인점을 제안하러 온 것이 분명해!'

방금 전, 지우를 찾는 손님이 있었다.

그때까지만 해도 지우는 뭐 방송 제의인가 싶었다. 로드 커피 시절부터 꾸준히 인기도도 유지했고, 맛 좋은 커피로 잘 알려져 있어서 아침 방송이나 뭐 맛 집 소개 프로그램에서 자주 제의가 왔었기 때문이었다.

하지만 정작 만나서 이야기를 해 보니 전혀 아니었다.

"후. 방송에 나와 달라고요? 상관은 없는데 출연료 얼마나 줘요? 설마 광고해 준다고 공짜를 해 준다는 아마추어 같은 생각을 하시는 건 아니죠?"

"방송 제의를 한 건 아닙니다."

"뭐야, 그럼 대박 날 아이디어가 있으니 투자해 달라고? 내가 호구인 줄 알아!"

"그것도 아닙니다."

"……?"

이제야 무언가 심상치 않다는 분위기를 느낀 지우였다.

그는 침을 꿀떡 삼키고, 흐트러진 옷 가짐을 재 정돈하여 눈을 빛냈다.

'체인점이다! 그렇게 고대하던 체인점이다!'

체인점은 두 가지 부류로 나뉜다.

전자는 본인이 동일한 브랜드를 써서, 그냥 사업 확장 겸 두 번째 지점을 내는 것이다. 쉽게 생각하면 그냥 자기 돈 써서 이익을 낼 수 있는 만드는 것뿐이다.

그리고 후자는 좀 다르다.

사업을 하고 싶은 사람이, 특별히 좋은 생각이 없어서 나름대로 잘 나갈 것 같은 브랜드의 이름을 빌려서 내는 것이다.

다만 통제나 관리, 그리고 방침 같은 것은 본점을 따른다. 그 외에도 본점에게 브랜드를 대여한 값으로 수익의 일정 부분을 줘야했다.

지우는 여태껏 체인점을 낼 생각을 몇 번 하고 있었지만 솔직히 선뜻 낼 수 없었다.

로드 카페의 성공은 마법의 커피 머신 덕분이다. 순전히 맛 때문인지, 결코 운영을 잘해서가 아니었다.

만약 그게 없다면 실패할지도 몰라 용기가 나지 않는 것이다. 그래서 지우는 비교적 안전한 길을 걷고 싶어 투자하지 않아도 되는 후자의 방법을 생각하고 있었다.

그리고 눈앞의 회사원으로 보이는 남자가 후자를 제안하러 온 건 아닐까 추측됐다.

'딱 봐도 만년 과장하다가 후배에게 밀려간 얼굴이다. 쯔쯔. 그래서 그동안 모아온 돈으로 뭐라도 해 보려고 나온 모양이군. 좋아, 내가 갑의 행세 좀 해도 되겠어.'

공손하게 모인 다리가 지하철 비매너 쩍벌남처럼 벌어졌다. 최소 세 자리는 차지할 것 같다.

외모만으로 사람을 판단하는 안하무인!

자기가 우세라는 걸 깨닫자마자 오만해지는 비겁하고 치졸하기 그지없는 심성!

"체인점입니다."

'그렇지!'

회사원, 아니 후에 동업자의 답변에 지우는 속으로 양팔을 쫙 벌려 만세 삼창을 불렀다.

기대를 적게 하면 실망도 적다고 하는 말이 있다.

그 말은 확실히 맞다. 기대를 크게 하니 기쁨도 배로 커졌다. 너무 기뻐서 자기도 모르게 입으로 소리를 지를 뻔했다.

"하하하. 그래요? 진작에 말하시지. 어떤 점에서 '저의' 로드 카페가 마음에 드셨습니까?"

"커피가 마음에 들었습니다."

얼굴 변화 없이 말하는 것이 아무래도 사교성이 좀 부족한 양반 같다. 그렇지만 어떠랴? 돈만 벌어다주면 최고다.

"제가 커피를 아주 잘 만들죠. 솔직히 바리스타 자격증만 없지 최고……."

"자격증 없으십니까?"

"원래 장인은 그런 시시콜콜한 거 필요 없습니다."

"흠……."

두 사람 간에 잠시 침묵이 흘렀다.

"뭐, 잡담은 이 정도면 됐고 본론으로 들어갑시다."

잡담이고 자시고 인사 수준밖에 안 했다.

"좋습니다. 단도직입적으로 말씀하자면, 저희 회장님께서 당신의 커피를 무척 마음에 들어 하셨습니다. 그 커피를 매일 아침마다 가져다주신다면 체인점을 만들어드리겠습니다."

"뭔……?"

동업자가 아니었다.

남자는 호수처럼 깊게 가라앉는 눈으로 말을 이었다.

얼마 전, 회장이 우연찮게 로드 카페를 지나가다가 커피를 마셨다 한다. 그런데 그 맛이 워낙 환상적이어서, 하루도 잊혀 지지 않는다고 하였다.

그래서 365일 하루도 빠짐없이 커피를 한 잔씩 가져다달라는 조건으로 체인점을 내주겠다고 했다.

"……"

조금 장난스러운 기색에, 여유를 부리고 있던 지우의 얼굴이 변했다. 그는 제법 굳은 표정을 짓고 있었다.

'내 생각과 완전히 다르구만.'

체인점을 내주겠다니, 아마 말 그대로 일 것이다.

단순히 이름을 빌리는 수준이 아니고 아예 돈을 줘서 체인점을 공짜로 선물해 주겠다는 뜻이었다.

한국에서 그렇게 할 수 있는 사람이 몇이나 있을까, 눈앞에 양반은 아무래도 제법 대기업의 회사원일 것이다.

고민에 빠졌던 지우가 상념에서 벗어나며 입을 열었다.

"고마운 제안입니다만……. 그건 좀 기분이 상하는군요.

이보세요, 손님이 왕이고 제가 돈에 미쳤다곤 하지만 그건 너무하네요. 그렇다면 매일 아침마다 우리 소중한 종업원을 써서 회장님이 어디에 있건 간에 가져다달라는 뜻입니까? 우리가 뭔 커피 타주는 노예예요?"

지우가 살짝 격앙된 어조로 따지듯이 물었다.

회장이 누군지는 모르겠지만, 마치 '커피 마음에 들었으니까 돈 좀 줄게. 그러니 가져와.' 라고 말하는 것 같아서 그 태도가 마음에 들지 않았다.

"죄송합니다. 그런 뜻은 없었습니다만……."

회사원의 그 철가면 같은 얼굴도 무너졌다. 그는 조금 당혹스러운 기색을 보였다. 그는 변명하듯이 양손을 절레절레 흔들며 오해를 풀기 위해서 말했다.

"종업원 분을 시키라는 것이 아닙니다. 본사에 체인점을 세울 예정이니, 저희 사원을 통해서 배달시키겠습니다. 굳이 가져오실 필요는 없습니다."

"흠……."

회사원의 말을 거절하지는 않았지만, 그래도 딱히 동하는 모습은 아니었다.

기분이 제법 상했는지 뚱한 얼굴이었다.

"후우……그래서 체인점을 내는데 얼마나 도와주실 겁

니까? 그래도 거의 대부분은 내주시겠죠?"

체인점 하나를 내준다고 했지만, 상식적으로 생각해서 친지도 아닌데 그럴 사람이 있을 리 만무했다.

커피의 맛만 반하고 그 정도까지 한다는 건 솔직히 설득력이 좀 떨어진다. 억지도 이런 억지도 없었다.

분명 무언가 또 다른 조건도 있지 않을까 싶었다.

"예? 아, 대부분은 아닙니다."

회사원의 대답에 지우가 기다렸다는 듯이 헛웃음을 내뱉으며 속사포처럼 말을 쏟아 냈다.

"허, 그럼 겨우 반 정도만 도와주겠다는 소리예요? 이거 안 되겠네. 자꾸 조건이 늘어나시……."

"다 내드립니다. 임대료는 원래 자사 소유 건물이니 상관이 없습니다. 물론 원두나 기타 등등 유지비는 내 셔야할 거고요. 아르바이트 월급도 마찬가지고, 인테리어 비용도 없습니다. 그냥 카페를 만들어서 드릴 테니 운영만 하시면 됩니다."

"네? 운영만요?"

지우가 자세를 풀었다. 불쾌한 감정 대신 살짝 놀라고 어리벙벙한 감정이 묻어났다.

"예. 참고로 그 외에도 다른 체인점도 내드리겠습니다.

회장님께서 많이는 힘드시고 약 열 지점 정도……."

"야! 당장 얼음 둥둥 띄운 아이스커피 가져와!"

지우가 바깥을 향해 소리를 버럭 질렀다. 그리고 파리처럼 손바닥을 비비면서 헤헤 하고 간신배처럼 웃어 댔다.

"그럼 수익은요?"

"회장님께서는 호의로 체인점을 차려주시긴 하지만, 수익 전부를 드리기는 힘듭니다. 아무래도 번화가에 세우는지라 임대료도 굉장히 나가기 때문에, 순익의 절반 정도는 주셔야합니다. 호의도 있지만 기본적으로 투자이기 때문입니다."

절반이라고 해도 아주 불리한 조건은 아니었다.

일단 상가의 건물을 임대하는 데만 해도 족히 몇 억은 들 것이고, 열 곳이면 수십억은 가볍게 든다.

아무리 돈이 지랄같이 많다 해도 상식적으로 한 곳도 아니고 열 곳이나 해주는 것은 조금 과한 겸이 있었다.

그러니 호의로 서비스를 해주고, 투자하여 주주가 되겠다는 뜻이었다.

"자꾸 손수건으로 땀 닦으시네. 더우세요? 저희 에어컨이 시베리아에서 가져 온 거라 시원해요. 엇, 보아하니 용안(龍顔)이시네. 어휴, 피부 다 상하실라. 피부 관리나 받으러 갈까요?"

"아뇨, 그게 아니라……그보다 괜찮으세요? 아까 회장님 태도가 마음에 안 드신다고……."

"예? 아니에요. 회장님이 원하시면 어디든지 따라가야죠. 아까 전엔 제가 주제 모르게 나댔어요."

지우가 자신의 뺨을 스스로 후려쳤다.

"그보다 자리가 안 좋네요. 저희 카페가 원래 좀 구려요. 혹시 결혼하셨어요? 아, 딱 봐도 인기 많아 보이시네. 삼사첩 정도 있으시겠다. 그래도 여자 취향이 어떻게 되세요?"

"……."

"우즈베키스탄으로 갈까요? 우크라이나? 말만 하세요. 어디든지 데려가 드리겠습니다. 일단 피부 관리나 받으러 갑시다. 제가 왕년에 접대왕이었습니다."

지우가 회사원을 일으켜서 업었다.

회사원이 식겁하면서 뭐라 하려 했지만, 그에 아랑곳하지 않고 그대로 회사원을 업은 채로 직원실 문을 발로 뻥 후려쳤다.

"……?"

"뭐야, 저거?"

"사장님?"

수군수군.

직원실을 나가자마자 카페의 손님들이 모두 지우와 회사원을 쳐다봤다. 요정들도 뻥진 표정을 지었다. 님프는 저건 또 뭔 미친놈이냐는 시선이었다.

지우가 손님들을 향해 소리를 꽥 질렀다.

"국왕 폐하 납시오!"

〈다음 권에 계속〉